■サイレント・コア ハウケイ装輪装甲車

全長　5.78m
全幅　2.40m
全高　2.30m
車両重量　7,000kg
総重量　10,000kg
乗員数　4~6名
最高速度　130km/h
行動距離　600km以上

アメリカ陥落７
正規軍反乱

大石英司
Eiji Oishi

C★NOVELS

口絵・挿画　安田忠幸
地図　平面惑星

目次

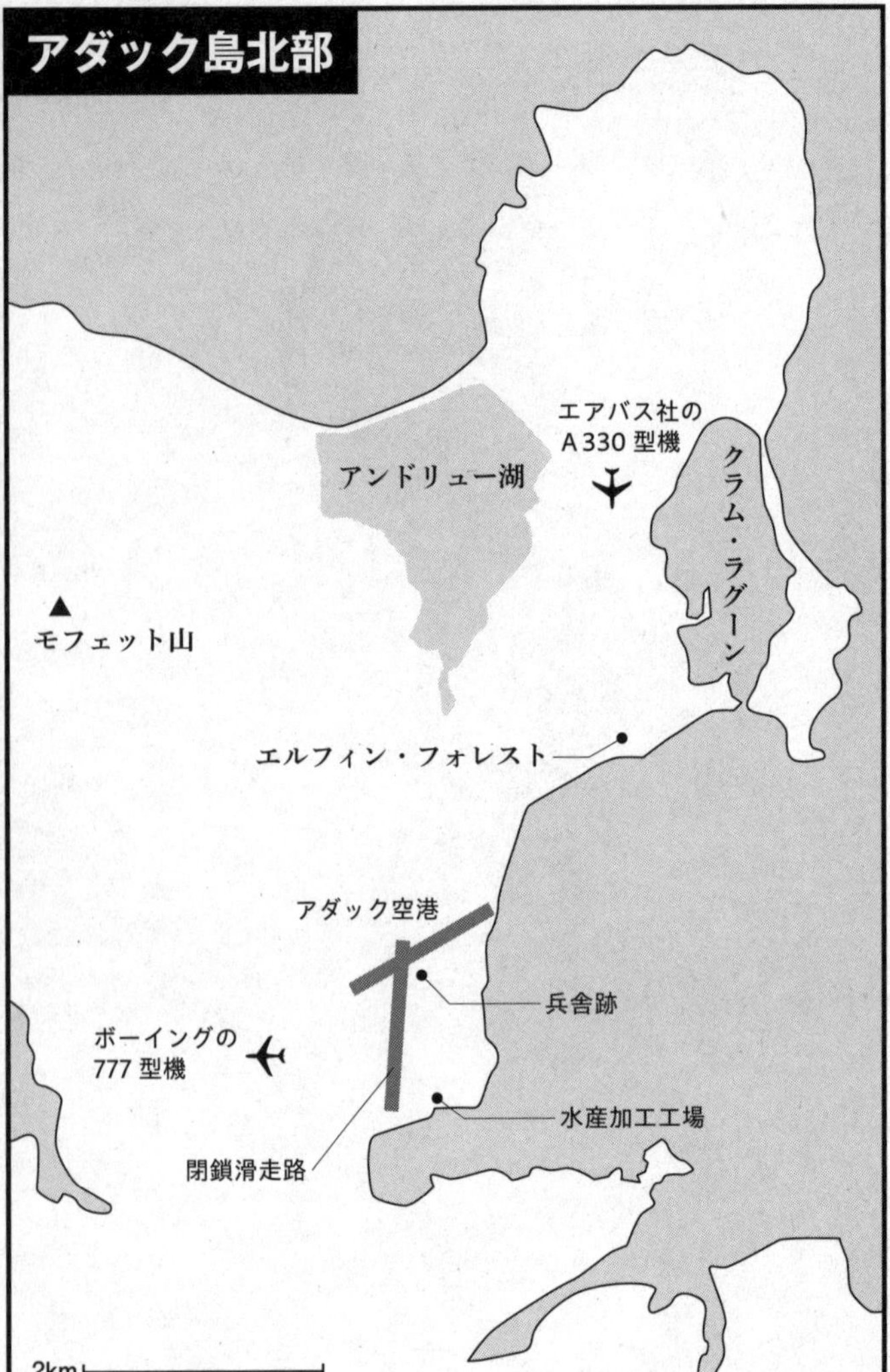
アダック島北部
エアバス社の
A330 型機
アンドリュー湖
クラム・ラグーン
モフェット山
エルフィン・フォレスト
アダック空港
兵舎跡
ボーイングの
777 型機
水産加工工場
閉鎖滑走路
2km

ロスアンゼルス
ウィローブルック地区周辺

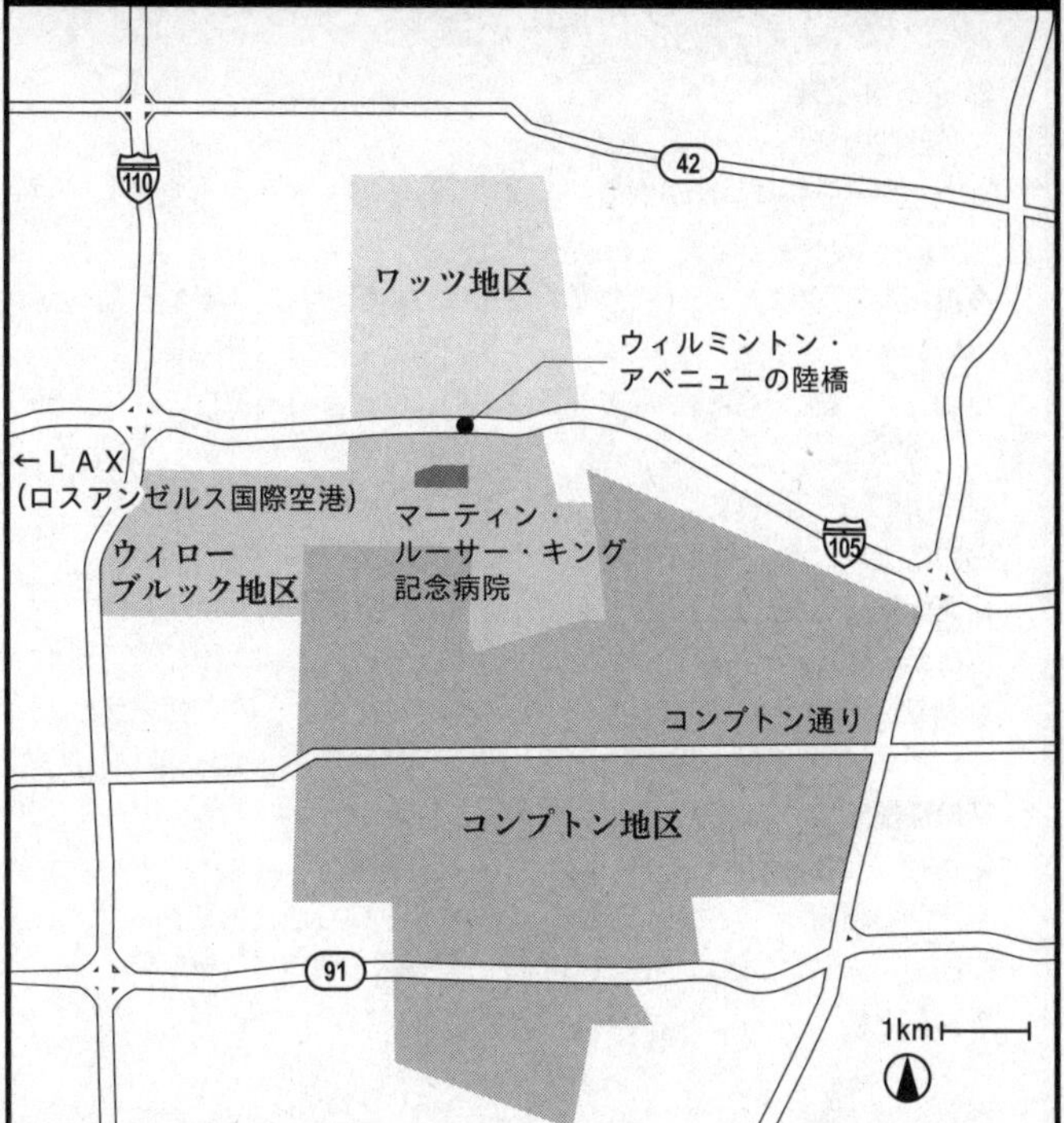

登場人物紹介

【日本】

●陸上自衛隊

《特殊部隊サイレント・コア》

土門康平《どもんこうへい》　陸将補。北米派遣統合司令官。コードネーム：デナリ。

〈原田小隊〉

原田拓海《はらだたくみ》　三佐。海自生徒隊卒、空自救難隊出身。コードネーム：ハンター。

高山健《たかやまけん》　一曹。分隊長。西方普連からの復帰組。コードネーム：ヘルスケア。

待田晴郎《まちだはるお》　一曹。地図読みのプロ。コードネーム：ガル。

田口芯太《たぐちしんた》　二曹。原田小隊の狙撃手。コードネーム：リザード。

比嘉博実《ひがひろみ》　三曹。田口と組むスポッター。コードネーム：ヤンバル。

〈訓練小隊〉

甘利宏《あまりひろし》　一曹。元は海自のメディック。コードネーム：コブラ・アイス。

花輪美麗《はなわびれい》　三曹。北京語遣い。コードネーム：タオ。

駒鳥綾《こまとりあや》　三曹。護身術に長ける。コードネーム：レスラー。

《水陸機動団》

司馬光《しばひかる》　一佐。アダック島派遣部隊司令官。水機団格闘技教官。

居村真之輔《いむらしんのすけ》　陸将。防衛装備庁・長官官房装備官。

●航空自衛隊

・第308飛行隊（F-35B戦闘機）

阿木辰雄《あぎたつお》　二佐。飛行隊長。TACネーム：バットマン。

宮瀬茜《みやせあかね》　一尉。部隊紅一点のパイロット。TACネーム：コブラ。

●統合幕僚監部

三村香苗《みむらかなえ》　一佐。統幕運用部付き。空自E-2C乗り。北米邦人救難指揮所の指揮を執る。

倉田良樹《くらたよしき》　二佐。統幕運用部。海自出身。P-1乗り。

●在シアトル日本総領事館
土門恵理子《どもんえりこ》　二等書記官。

【アメリカ】

●エネルギー省
M・A（ミライ・アヤセ）　通称・魔術師《ソーサラー》〝ヴァイオレット〟。Qクリアランスの持ち主。
レベッカ・カーソン　海軍少佐。M・Aの秘書。
サイモン・ディアス　博士。エネルギー省技術主任。

●陸軍
〈第160特殊作戦航空連隊〉〝ナイト・ストーカーズ〟
メイソン・バーデン　陸軍中佐。シェミア分遣隊隊長。
ベラ・ウエスト　陸軍中尉。副操縦士。
〈第189歩兵旅団第358連隊〉
サム・クルーソー　陸軍大佐。連隊長。
・第2大隊（機甲）
ソフィア・R・オキーフ　陸軍少佐。作戦参謀。
・ミルバーン隊
アイザック・ミルバーン　元陸軍中佐。警備会社の顧問。かつてデルタ・フォースの一個中隊を率いていた。

●海軍
・アダック島施設管理隊
アクセル・ベイカー　海軍中佐。司令官。
・ネイビー・シールズ・チーム7
イーライ・ハント　海軍中尉。
マシュー・ライス　上等兵曹（軍曹）。狙撃手。

●空軍
テリー・バスケス　空軍中佐。終末の日の指揮機《ドゥームズデイ・プレーン》〝イカロス〟指揮官。
スペンサー・キム　空軍中佐。NSAきってのスーパー・ハッカー。

●ワシントン州陸軍州兵

カルロス・コスポーザ　陸軍予備役少佐。

●ＦＢＩ

ニック・ジャレット　捜査官。行動分析課のベテラン・プロファイラー。

ルーシー・チャン　捜査官。行動分析課の新米プロファイラー。

ロン・ノックス　捜査官。サルベージ班。

●アルコール・タバコ・火器及び爆発物取締局（ＡＴＦ）

ナンシー・パラトク　捜査官。イヌイット族。

●郡警察（テキサス州ノーラン郡）

ヘンリー・アライ　巡査部長。陸軍に二期在籍したマークスマン。

トシロー・アライ　元警部。ヘンリーの父親。

●ロス市警

カミーラ・オリバレス　巡査長。

●テキサス・レンジャー

デビッド・シモンズ　陸軍中尉。テキサス州空挺兵ＯＢ。

〈〝グリーン24〟プラトーン〉

ドミニク・ジョーダン　軍曹。リーダー。通称〝サージャント〟。

●レジスタンス

ルーカス・ブランク　法学部政治哲学教授。公民権運動の闘士。

リリー・ジャクソン　元陸軍大尉。双発の小型プロペラ機パイパー・セミノール乗り。

サラ・ルイス　海兵隊予備役中尉。スカウト・スナイパー指導教官課程出身。

ケイレブ・ジャクソン　無線マニアの少年。

●〝ナインティ・ナイン〟＝〝セル〟

フレッド・マイヤーズ　教授。〝ミスター・バトラー〟。

トーマス・マッケンジー　大佐。通称〝剣闘士《グラディエーター》〟トム。

●その他
西山穣一《にしやまじょういち》　ジョーイ・西山。スウィートウォーターでスシ・レストランを経営。
ソユン・キム　穣一の妻。
千代丸《ちよまる》　穣一とソユンの息子。
根岸翔《ねぎしかける》　スシ・レストランで働く学生バイト。
田代哲也《たしろてつや》　西山の会社員時代の後輩。
ダニエル・パク　下院議員。カリフォルニア州の大統領選候補。

【ロシア】

●空挺軍
《第83親衛独立空中襲撃旅団》
ヨシーフ・ロマノフ　空挺軍少将。旅団長。
・第598独立空中襲撃大隊
ニコライ・ゲセフ　空挺軍大佐。大隊長。
パベル・テレジン　曹長。
・第635独立空中襲撃大隊
イーゴリ・ダチュク　空挺軍中佐。
アンドレイ・セドワ　空挺軍中佐。旅団参謀。

【中国】

●空挺軍
〈特殊空挺旅団〝雷神《レイシェン》〟突撃隊〉
火龍《フオロン》　空挺軍少将。旅団長。
鍾義和《チォンイーホー》　大佐。大隊長。
蘇宏大《スゥホンタァ》　空挺軍中佐。作戦参謀。
唐陽《タンヤン》　大尉。旅団長副官兼通信兵。
劉駿《リウジン》　中尉。

アメリカ陥落7　正規軍反乱

プロローグ

〝グリーン24〟プラトーンの車列は、ルイジアナ州軍のハンヴィの先導を受けて、遂にミシシッピ河を渡った。ミシシッピ河の水面は赤茶けて酷く濁っていた。幅一キロの河を渡る時、ジョーイ・西山《にしやま》こと、西山穣一《じょういち》は、「こんな汚い河だったのか……」とぼやいた。

息子の千代丸《ちよまる》が、後部座席のチャイルドシートから身を乗り出して、水面を見下ろしていた。10号線で橋を渡った先は、ルイジアナ州の州都バトンルージュだ。

いろいろあったキャンプ場を出発する前に、記憶を掘り起こし、探していた後輩が辿り着いた場所をチーム・リーダーのドミニク・ジョーダン元海兵隊軍曹に伝えてあった。

携帯はあれ以降一度も繋がらなかったが、たぶんメールも届いただろうから、向こうがその場所から動くとは思えなかった。

橋を渡り切った先の左手に州の行政府組織が集まるダウンタウンがある。都市圏人口は一〇〇万人近いが、街自体はダラスとは比べものにならない。小さな街だった。

10号線の右手には、すぐ戸建ての住宅街が広がっている。

「そんなに荒らされているようには見えないな

「……」

西山はヒュンダイ・ソナタの助手席で言った。

昨夜はほぼ徹夜状態だった。徹夜で戦った。すりこぎをただの棍棒として戦ったのだ。ハンドルは妻のソユン・キムが握っていた。

「略奪はとっくに終わった後でしょう。州軍も、ダウンタウン程度の治安は維持したでしょうから、この辺りは静かだったんじゃないの？　橋の手前は結構酷かったわよ。あちこち路上に死体も転がったままだったじゃない」

今朝方、壮絶な銃撃戦に巻き込まれた。西山の手の甲には、その時のガン・パウダーがこびり付いたままだ。一瞬うとうとしかけたが、頭の中で銃声が谺《こだま》し、はっと眼が覚めた。人は殺さなかったつもりだ。自分が撃った弾は、たぶん誰にも当たっていない。

剣道の経験を活かし、すりこぎで賊を倒した。それなりに活躍した。包囲状態にあったあのキャンプ場を脱出することに一番貢献したのは、西山のすりこぎだった。

今は、テキサス州からの支援物資を搭載したコンボイがバトンルージュに入っている。一時間置きにそのコンボイが到着するから、ルート上の安全を絶対に確保せよ！　とテキサス州政府からの厳しい命令が届いていた。隣の州への、有無を言わせない命令だった。

今日は、バトンルージュ止まりだが、ルート上が安全だと信じられたら、明日はバトンルージュ経由で、南のニューオリンズまで支援物資を届けてやる、とのメッセージが届けられていた。

ニューオリンズは、バトンルージュを超えるルイジアナ州最大の都市だ、そう言われては、州政府としても必死にルートの安全を確保するしかなかった。

緩やかなカーブを南へと曲がる。ここから一三〇キロでニューオリンズだ。ファミレス街に入ると、左手にはウォルマートの看板が見えてくる。隊列は下道へと降りて進んだ。

西山は、ようやく記憶の糸をたぐり寄せた。そうだ！　ここだ……。商売としてはそんなに大きくは無かったが、確かにここに何度か営業で来た。

州軍のハンヴィが、左手に食品加工工場の看板を見付けると駐車場へ左折した。彼らのエスコートはここまでという約束だった。

まず州兵が付近の安全を確認する。建物の中から、両手を掲げた日本人が出て来て挨拶した。探していた田代哲也《たしろてつや》だった。西山とは歳は少し離れていたが、英語が達者で、度胸と押しの西山とは良いコンビだった。若くに結婚したせいで、子供はもう大きかった。

州軍のハンヴィは、ガソリンが入った燃料缶を降ろすと走り去っていった。

西山も車を突っ込ませ、銃痕をダクトテープで塞いだドアを開けて降りると、「ちょっと待ってくれ！」と後輩に告げてから、通りに戻った。

チーム・リーダーのジョーダン氏が、路肩に止めた車から降りてくると、満面の笑顔で西山を一瞬抱きしめた。

「寂しくなるよ！」

「みんなを、無事に、目的地に送り届けてくれ！」

「なんだ、サムライ！　英語が出来るじゃないか？」

「サージャントの南部訛りは酷いぞ。全くわからない」

「この騒動が終わったら、みんなでサムライのレストランに行くよ。スシ・パーティを開こう！」

「もちろんだ！　待っている。ここから何マイル？」

「そうだな。まだ千マイルという所だな。運が良ければ、明日の夜、マイアミだ。そうはいかないだろうがな。いちおう、例の携帯基地局機能を持つドローンを、時々上に飛ばしてくれるよう要請はしてある」

「何言っているかわからない！　とにかく、無事を祈っているよ」

「一つ、警告だ。テキサス・レンジャーを信じるな。彼らは危険だ」

「わかっている。俺たち、囮にされた。デコイ、ルアー……」

「そうだ」

二人は一瞬固い表情になったが、すぐ笑顔に戻り、最後に握手を交わした。隊列を組む様々な人種、国籍、年齢性別の仲間たちの車を一台一台覗き込んで、西山は手を振って見送った。

彼は、この小隊のヒーローだった。無口な日本人コックとして参加した西山は、いまやみんなの英雄だった。

車列が走り去り、10号線へと戻っていくと、辺りは静かになった。走っている車はいないわけではないが、車が走ってくるとどうしても身構えてしまう。建物の中から、武装した男たちが出て来て周囲を威圧し始めた。アサルトを持った者までいるが、全員がアジア系だった。髪型も短く整い、いかにもビジネスマンという感じだった。

「田代！　無事で何よりだ！」

「先輩こそ、本当に来たんですか？　てっきり州境までだと思っていた」

「いやぁ、そのプリウスでも、テキサスは遠いと思ってな。何キロだっけ？」

「ここまで、一六〇〇キロくらい走ったかな。マイアミからは遠いですよ」

「千キロくらいじゃなかったか？」

「海の上をまっすぐメジャーを引っ張っても一二〇〇キロはあります。幸い、途中で一回給油できたから、どうにかここまで辿り着けたが、途中で一台捨てました。皆さんは、一緒に脱出したご近所さんです。韓国人に、台湾人にシンガポールの御家族も」

「なんで帰国しなかった。会社からは帰国命令が出ていただろう？」

「いろいろあって。その車、何ですか？　そのダクトテープ、銃痕ですよね？」

「ああ、まあおいおい話してやるよ」

「四駆はどうしたんですか？　これ奥さんの車でしょう？」

「竜巻でひっくり返った。家ごとな。もう十日くらい経つかな」

「家ごと？　どういう意味です」

「だからさ、家が吹き飛んだわけよ。瓦礫はまだそのままだ」

田代は、わけがわからないと眼をぱちくりさせた。

「まだローンが始まったばかりの家が吹き飛んだのに、先輩は、俺を迎えに危険を冒して、こんな所まで車を飛ばしてきたんですか？　お子さんまで連れて……」

「そうだ。だって家にいたって屋根もないんだぞ」

「この人、そういう男だって知っているでしょ？」

と車から降りてきたソユンが呆れ顔で言った。

「奥さん！　なんで止めなかったんですか？」

建物の中から、家族が出て来た。ソユンは、田代夫人と再会を喜んで抱きしめてやったが、奥方はえんえんと泣き出した。小学生の娘さんが二人いた。

「さすがに、俺もここまで治安が悪化するとは思わなかったけどね。テキサスは平和そのものだ。腹は減ってないか？　エナジーバーの類いなら腐るほどあるぞ。水もある」

「それ下さい！　昨日でもう食い物も尽きたんです。みんなで分け合って食べていたので」

「勝手に取ってくれ。燃料をまず車に入れよう。ちょっとずつで良い。ほんの一〇キロも走る程度で構わない。これさ、一斗缶の大きさは無いよね。でも心配は要らない、テキサスからのコンボイが、一時間置きにバトンルージュまで入る。そのどれかの帰りの隊列に加わることで、燃料は分けてもらえることになっている。テキサス州境まで四〇〇キロ近くか。どうせノロノロ運転だ。明るい時間帯にテキサスまで辿り着くには、なるべく早い時間帯のコンボイに合流する必要があるぞ」

「ソユンさん、韓国人ファミリーを紹介します。三組。石油会社に、旅行代理店に、自動車販売店」

「あたしの言葉、酷いわよ。二世三世から教わった言葉だから。日本人てことにしちゃ駄目？　あの人たち、英語は流ちょうでしょう？　奥方も」

「駄目です。もう喋っちゃいました！　奥さんは韓国人だと」

ソユンは仕方無く、韓国人ファミリーの輪に入り、これからの段取りを朝鮮語と英語のちゃんぽんで説明した。

田代は、娘たちにエナジーバーを与えながら、改めて西山に向き直り、腰を九〇度曲げて深々とお辞儀した。

「有り難うございます！——。まさかそんな状況だとは知らずに……」

感極まった声で、涙が光っていた。

「おいおい泣くな！　俺とお前は、営業の最前線で北米大陸を渡り歩いたんだぞ。互いに命を預けた仲じゃないか。そこが地獄だろうと、助けに来るのは当たり前だ！　しかし、フロリダはそんなに酷かったのか？」

「何しろ、あの暑さで電気が止まって、まず冷蔵庫が殺られました。スーパーは半日で打ち壊し状態です。ある程度、備蓄はしたつもりだったが、停電までは想定外でした。渋滞が始まる前に脱出しそこねたので、ご近所でコンボイを組んで走ろうということになって……。こういう時、韓国人は頼りになります。徴兵経験者なので。韓国車に乗ったアジア人を見ると、アメリカ人は襲ってこない」

ソユンと韓国人避難者家族とのちょっと長い自己紹介が終わる間に、ガソリン缶を空《から》にできた。たぶん、一番燃費が悪い車でも、西山らがドツボに嵌まった湿地帯を抜けて、西隣のラファイエットまでは辿り着けるだろう。

七台の車を連ねて、慎重に出発した。韓国人家族が乗る韓国車の内二台は、奥方が運転していた。父親は助手席から、アサルト・ライフルの銃口を出して周囲に睨みを利かせていた。そして残る一台で、後部座席に乗った父親が、歩道側を警戒していた。

大統領選を巡る各州大陪審判決を受けて、左右の対立は暴動へと発展していた。全国で電気が止まり、それを引き金に全てのライフラインが止まった。暴動は半日で打ち壊しへと発展し、ロシア兵工作部隊による全土での停電も重なり、全米の流通網は翌日には完全に麻痺した。

ワシントンDCでは、催涙弾が飛び交い、ホワイトハウスの大統領は、地下の軍事司令部に立て籠もり、外は、英国軍海兵隊によって守られていた。対立は米軍内部まで持ち込まれ、軍は出動を禁じられた。

そして、国内の治安維持には、たまたま米国内で演習や訓練に当たっていた同盟国軍部隊に委ねられた。自衛隊もその一つで、彼らは、北西部のワシントン州の治安維持に当たり、そこからカリフォルニアに飛びロスアンゼルスの空港を奪還、さらにはまたシアトルに戻って、治安回復に当たっていた。

アメリカ北西部の治安をまず回復し、太平洋諸国から支援物資を空路で入れて、支援の輪を徐々に内陸部へ、さらには東部へと届けて民心を安定させようという作戦だった。

韓国軍部隊も到着し、作戦はほぼ順調に進行していたが、アリューシャン列島では、シベリア奪還をスローガンとするロシア軍部隊が鳴動し、米軍部隊が駐留し、自衛隊も中継基地として利用しているアダック島に、占領部隊を送り込んできた。

その動きに、アメリカ軍はほとんど為す術も無かった。

実働部隊として、ほんの数名のネイビー・シールズ隊員を乗せたMH‐60Mブラックホーク・ヘリ一機しか派遣できなかった。そのアダック島の防衛も、自衛隊に委ねられていた。

第一章　増援部隊

　アリューシャン列島のほぼ中央に浮かぶアダック島は、真夏の短い夜を終え、夜明けを迎えていた。アラスカのアンカレッジまではおよそ二〇〇〇キロ、北海道までは、真っ直ぐ飛んでも三〇〇〇キロを超える。弓型に浮かぶアリューシャン列島沿いには、隣にシェミア基地もあれば、住民が暮らす島もあったが、いずれにせよ孤島だった。首飾りのような孤島の繋がりが、アリューシャン列島だ。

　アメリカ全土で暴動が発生し、全てのライフラインが止まった後、自衛隊はまずワシントン州ヤキマで訓練中だった水陸機動団を出動させ、暴動の鎮圧に当たった。同時に、西海岸に接近していた中国海軍の空母機動部隊を牽制するため、急遽ハワイ方面で訓練中だった護衛艦部隊にも出動を命じた。日中艦隊は、互いに搭載している戦闘機を発進させて鞘当てを続け、互いに軍艦を沈められながら鍔迫り合いを続けた。

　海上自衛隊も航空自衛隊も、それらの作戦を支援するため、日本本土から、ありとあらゆる作戦用航空機を発進させた。

　ここアダック島は、それらの燃料補給の中継基地になった。ロシアのウクライナ侵攻を受けて、米海軍は閉鎖状態の基地を再開し、小規模な施設部隊を置いていた。

ロシア軍は、まず空挺部隊をアダック島に降ろしてきた。間一髪、陸自特殊作戦群部隊が間に合い、飛行場の襲撃は失敗した。数度にわたって攻撃を仕掛けてきたが、ロシア軍はその度に兵力を減らす結果に終わった。特殊作戦群、米陸軍元デルタ・フォースからなる民間軍事会社の傭兵部隊、そしてネイビー・シールズが乗るブラックホーク・ヘリが、つねにギリギリの所で持ち堪え、敵を撃退した。

ロシア軍は、ウクライナ侵略でも使ったキンジャール・ミサイルを発射してまで支援を試みたが、それも航空自衛隊の戦闘機によって撃退された。

だが、決着が付いたわけではなかった。その状況でも、ロシア軍の戦力、兵力の方が上回り、しかもロシア軍は、ウクライナの戦場で鍛えられていた。


そして、夜明けと同時に、カムチャッカ半島を横断して二機の民航機が突っ込んできた。航空自衛隊の戦闘機が、それをインターセプトしたが、外見はあくまでも民航機なので、撃墜は見送るしかなかった。

一機は、飛行場の滑走路に突っ込んできてオーバーランし、丘に乗り上げる形で停止した。もう一機は、飛行場がある町から離れた、大戦中の飛行艇運用滑走路跡に強行着陸して止まった。いずれも火が出ることはなく、乗っていた兵士たちは全員が無傷で地上に降り立つことが出来た。

事前に、そういう方法で兵隊を送り込まれたら撃墜はできないだろう、という想定はしていたが、日米側にとっては、拙い事態だった。

アダック島飛行場の海岸側に、いかにも昔風の兵舎跡があった。そこに陸上自衛隊特殊作戦群、第四〇三本部管理中隊、その実、特殊作戦群隷下

の特殊部隊〝サイレント・コア〟の指揮所が設けられていた。最初、原田《はらだ》小隊がC‐2輸送機で乗り込み、続いて、訓練小隊が空挺降下で降りてきた。

部隊の指揮を取るのは、水陸機動団格闘技教官にして、北京語講師の司馬《しば》光《ひかる》一佐だった。彼女が、アダック島派遣部隊司令官の肩書きでその場にいた。

本来の米海軍司令部は、プレハブ建て屋がエプロン横に建っていたが、ロシア軍の迫撃弾攻撃で屋根に穴が開き、負傷者も出したことで、今は全員が、くの字型に建てられたこの兵舎跡に陣取っていた。

海軍部隊は、何しろ施設管理と降りてくる航空機への燃料補給が仕事なので、銃のマガジンの交換すら手間取る兵士ばかりだった。

素人による同士撃ちの危険があったので、彼らには、命じた時しか銃を構えるな、引き金に指を触れさせるな、撃つな！　と厳命されていた。

アダック島施設管理隊司令官のアクセル・ベイカー海軍中佐は、上空一〇〇〇フィートから見下ろしてくるスキャン・イーグルの監視画像を見ていた。

今は二機が飛んでいる。一機は、北側に降りたというか、不時着したロシアの民航機を、もう一機は、ここの滑走路を突っ走って丘に突っ込んだ中国の民航機を見張っている。どちらも、離陸した場所はわかっている。

中国国内から離陸した民航機に、ロシア兵が乗っている可能性は低いと思われた。

ロシア機からは、兵士達が隊列を作って降り、走り出した。鮮やかな展開だった。決して一箇所に留まらず、群れを作らず、常に散開して前進している。ウクライナで得た教訓だろう。ドローンを飛ばし始めたのもわかった。

あのワイドボディ機だと、三〇〇人は乗っているだろう。現に、スキャン・イーグルは、それら兵士を個人識別し、頭数をカウントして遣《よこ》していた。三二五名と出ていた。機体はエアバス社のA330型機だ。ほぼ目一杯兵隊を運んできた。

対する中国は、ボーイングの777型機だ。こちらの機体サイズは、ぞっとする。乗せようと思えば、四〇〇人は乗る。ざっくり二個歩兵中隊というところだ。

ベイカー中佐は、自衛隊側が立ち上げた指揮所で、23インチ・モニターを屈み込むように覗き込んだ。

「オートバイじゃない。熱反応が少ない所を見ると、これは電動バイクだな。軽くて、たぶん折りたためるタイプだ……」

二台の電動バイクに乗った斥候が、東側のクラム・ラグーン沿いに走るヒルサイド・ブルーバードを南へと走ってくる。

すでに、エルフィン・フォレストの近くまで来ていた。ここアダック島で、唯一自然の森がある場所だ。そこだけ木が生えていた。33本の木が生えている。アメリカ最小の国立森林公園として知られている場所だった。

元は大戦中、この孤島に派遣された六〇〇〇名の不運な兵士たちを元気づけるために、時の司令官が植林を始めて育った森だった。

飛行場の西側は、まだ霧に覆われており、もう一機の動向はわからない。

「あちら側は、完全にロシア軍空挺の占領エリアだ。部隊合流を阻むことは出来ない」

「そうですね。われわれに出来ることはありません」

司馬は、事務的な口調で言った。

「あの森を作った男の名前を知っているかね？　実は日本にも縁があるんだよ。サイモン・ボリバル・バックナー・ジュニアという人物だ。日本では、バックナー中将と言った方が通りが良いかな？」

「ああ。あの沖縄戦で、日本軍の砲弾の流れ弾に当たって戦死した、最も高位の米軍人ですね？」

隣にいた、原田小隊を率いる原田拓海《たくみ》三佐が応じた。

「そうだ。君ら日本人は、アッツ島の悲劇とキスカ島の奇跡に関して、通り一遍のことしか知らないだろう？　アッツ島では全員が玉砕し、キスカでは逆に全員が脱出できたと。ところが、このアッツ島の攻略には、一年以上も掛かってね。米軍にとっては、実は一大作戦だった。その功績が認められて、バックナー准将は出世し、沖縄へと出撃して戦死した。だが、彼は流れ弾に当たって死んだわけでは無いぞ。ここに赴任してから、私が読んだネット上の記録では、日本軍は、バックナーを高級指揮官として認識してマークしていた。部下からも前線に出るな、下がって下さいと度々警告されていたが、彼は前線へと出続け、最後には、日本軍に狙われて戦死した。あの時代の軍人の鑑《かがみ》だね。空爆することになったら、なるべくあの一帯は避けるよう事前に情報を回しておいてくれ」

「そうします。もっとも、自衛隊がロシア兵の頭上に誘導爆弾を落とすようなことはしないと思いますが」

と原田が言った。

「それで……、どうしようか？　少なめに見積もっても、六〇〇から七〇〇、大隊規模の増援が入ったわけだが……」

「まずやること！　南の水産加工工場に避難させた地元民と観光客を、さらに避難させる必要があります。早急に」

と司馬が壁に貼られた手書きの白地図へと近付いた。

「ここから南に、避難出来るような建物はありますか？」

「ない。バラック小屋一つ無い！　単なる自然保護区です。誰かが持ち込んだらしい狼のことはひとまず忘れるとしても、原っぱで野宿するしかない。地元住民と観光客、一五〇名近い民間人を。港にある船は、レジャーボート程度で、数は載せられないし、そもそもレジャーボートで辿り着ける場所もない。辺りはどこも無人島だから」

司馬は、原田を見遣って発言を促した。

「湾の南側へひとまず徒歩やマイカーで避難してもらい、ヘリ空母から飛来する二機のオスプレイで、負傷者から後送します。次に子供、女性、高齢者の順で後送するとして、オスプレイで三往復もすれば、三分の二くらいは、明るい時間帯に後送できます。成人男性が数十名取り残されることになりますが、よほどの風雨でも来なければ、夜は過ごせるでしょう。敵は、それなりの飛距離を持つ迫撃砲も持参したはずだから、最低でもこの港から、二マイルは離れるべきだし、オスプレイの撃墜を避けるためには、戦場から四マイルの安全距離は確保したいです。このフィンガーベイ・ロードが島の中央部、南へと消える辺りまで、徒歩で移動してもらうしかありません。お年寄りや負傷者は島民の車でお願いします」

ベイカー中佐は、テーブルに置いたウォーキートーキーを取って腰のホルスターに入れた。

「で、その後は？　敵は迫撃砲をバカスカ撃ってくるわけだよな。この指揮所の位置もそろそろばれていることだろう」

「ある程度は、スリンガー・システムで迎撃を試みます。ただし、命中率は怪しいですが」

「貴方たちは、爆撃はダメだというが、砲撃相手に関してだけは、やっていいんじゃないのですか？　そこまで見栄を張ったところで、部隊全滅した挙げ句に、この島が奪われたのでは話にならない。政治的にはともかく、日本国民は、そういう判断を下したことを許さないだろうと思うが……」

「そうですね。どこまでハードルを上げて良いか、ヤキマやシアトルの連中に検討させせましょう。どの道、われわれは間もなく包囲されることになるでしょうから」

滑走路南西側も元デルタ隊員の活躍で抑えていたが、さすがにこの数では、殺られる前に後退させるしかないだろう。ブラックホーク・ヘリのミニガンで、どの程度の敵を掃討できるかもわからない。

「私は、民間人避難の指揮を取ってくる。もちろん直ぐここに戻ってくるが、それが不可能な場合に備えて、今の内に礼を言っておくよ。世話になった」

「敵が部隊参集を終えて仕掛けてくるには、しばらく時間が掛かるでしょう。でも、われわれもここを脱出しているかも知れませんから」

司馬が言った。

「放棄は構わない。こんな所で全滅したところで、誰も誉めちゃくれないだろうから」

「敵も、霧が晴れるまで砲撃はしないでしょう。着弾修正ができないから。今の内に動いて下さいな。われわれは中国機を監視しつついろいろ調整します」

中佐が駆け出ていくと、司馬はもう一度、もう一機のスキャン・イーグルの映像を見遣った。ここから、飛行場を渡って直線距離でほんの一七〇メートルの距離に中国の格安航空会社の機体が突っ込んで止まった。火は出なかったようだが、霧のせいで今も何も見えなかった。

「あの辺りの視程はどのくらいかしら？」

「三〇メートルくらいでしょう。司馬さんなら、ご活躍できる視程です。お勧めはしませんが」

「焼け石に水よね。私が、たかだか二、三〇人倒したところで、その十倍以上の敵が残る。タオさんの北京語、ここじゃ使う機会もないと思ったけれど。ざっくり言って一〇倍の敵になるけれど、弾はある？」

「もう二、三回は撃ち合えます。でもお昼過ぎには弾は尽きるでしょう。習志野《ならしの》からは、まもなく迫撃砲中隊が離陸する頃ですが、その頃には、われわれは全滅しています。彼ら、ロシア兵ではないですよね……」

「そうね。途中で降りてロシア軍部隊を拾うならともかく、それをやらなかったとしたら、解放軍部隊でしょうね。正直、ちょっと驚きだわ。この基地の滑走路が使えなくなっただけで、中国としては満足なはずなのに、どうしてそこまでロシアの作戦に協力するのか……。例のスリンガー・システム。三〇ミリとはいえ、対人榴弾としても使えるのでしょう？」

「人道上の懸念を無視して使うとしても、それだけの弾はありません。ドローンにも取っておかないと。自分としては、飛行場の一時的放棄を進言します。住民の避難完了を待ち後退するのが最善策です。われわれが玉砕して米政府に義理立てしたところで、この島を守り切れないのでは意味がありません」

「私の考えを聞いてくれる？　一時的な撤退はあ

りとしても、空自に爆撃を要請しましょう。この飛行場の死守をわれわれに命ずるなら、せめて航空支援を要請すると」

「それを判断するのは、防衛省とか、もっと上の官邸とかですよね？　彼ら、それは駄目だと言いつつ、死守を命じてきますよ。そこは現場の工夫で何とかしろ——は、陸自の日常会話ですよね」

「シェミアから応援は呼べないのね？」

「あの島に歩兵はいませんし、六〇〇キロ以上も離れたシェミアから救援を呼ぶには、オスプレイなり、その距離を飛べるヘビー級のヘリが要ります。仮に二時間後、下総から空挺団を乗せたC-2輸送機が離陸したら、四〇〇〇キロ飛んでの到着は、七、八時間後？　敵はここを占領して祝杯を挙げている頃ですね」

「そもそも、そんなに都合良く輸送機は空いてないでしょう。シェミア島なら三〇〇〇メートルの滑走路があるから、民航機で楽に降りられます。でもそこから六〇〇キロを泳いで渡るわけにもいかない。エルメンドルフには、水機団の一個連隊と水機団長がいるのよね？　今離陸すれば、三時間で到着する」

「空挺バッジを持つ隊員と、パラシュート、そして輸送機が必要です。まあ、輸送機くらいは、荷物を降ろして帰る途中の帰国便がいるでしょうが……。一個連隊で空挺バッジを持つ隊員が仮に六〇名いるとしても、空挺用のパラシュートがエルメンドルフで入手できるとは思えません」

「機体を捨てる前提なら？」

「彼らみたいに、不時着というか、胴体着陸をせよ、というのですか？　貴重な輸送機で」

「胴体着陸前提なら、何も軍用輸送機で行う必要は無い。民航機で十分でしょう。軍用輸送機はすぐ量産できないけれど、民航機なんて市場で中古を買えるんですから」

「本気で言ってます？」

「ええ。ロシア軍に出来たことよ。解放軍にも。われわれに出来ないことはないでしょう。何なら、解放軍がやったように、滑走路に降りて来れば、生存率も上がるでしょう。ロシア軍が降りてきた飛行場跡だって、十分に使えるじゃない？」

「誰に操縦させるんですか？　途中で胴体がポッキリ折れたら、その瞬間に、何人か死ぬ羽目になる」

「これは戦争です。降りた後だって死ぬわよ。一時間早く死ぬかどうかの違いでしかない。誰か、シアトルの恵理子《えりこ》ちゃんを無線に出して頂戴！」

「ちょっと待って下さい！　また彼女を使うんですか？」

原田は、ため息交じりに嫌な顔をした。

「またとは失礼ね。私だって彼女に駆り出されたんですから」

「こんな無茶なことを外務省経由で命令させたら、彼女はずっとそれを抱え込むことになる。自分の命令で大きな犠牲を払うことになったと」

「それは無いわ。私が鍛えたのよ。その程度のことでめそめそするような柔《やわ》な子じゃありません。何なら、シアトルやＬＡへ向かっているだろう韓国軍部隊を載せた民航機を降ろさせてもいい。どうせこの近くを飛んでいるのでしょう？　ここを失っても良いの？　失ったが最後、ロシアはたちまち長距離防空ユニットを持ち込み、民航路すら脅かしてくるでしょう。米本土から爆撃機を呼んでいる暇は無いし。選択の余地はないわよ？　一番手っ取り早いのは、近くを飛んでいる韓国軍部隊を乗せた旅客機、次に確実なのは、エルメンドルフ待機の水陸機動団を乗せた機体を離陸。迫撃砲部隊さえ潰せれば、四、五時間は支えられるでしょう。その間に、味方空挺の迫撃砲中隊も到着する」

「仮にそれを提案するとして、もし滑走路に突っ込ませるとしたら、われわれはここを一時放棄できませんよね？」

「そうね。そのためにも、空からの一撃は不可欠よね。この霧が出たままなら、ブラックホークも使えるわ。霧の中からミニガンを撃ちまくれば良い」

原田は、一瞬、目眩がしたように首の後ろを揉んだ。

「われわれ……、真面目というか、まともな会話をしているんですよね？」

「当たり前よ。私が、ロシアがそうやって降りてくる可能性を考えた時には、まあ冗談半分だったけれど、それは事実として起こった。ならわれわれが相手と同じ戦法を躊躇う理由なんてないでしょう？」

原田は、戦場に長く居すぎて、感覚が麻痺しているような気がした。

「シェミアだってある。この島に戦略的価値があると思いますか？」

「居座られたらとてもやっかいよ。絨毯《じゅうたん》爆撃を何度も繰り返すか、また一から陸兵を入れて奪還するしかない。ええもちろん、貴方の言いたいことはわかっているわよ。そんなのはそもそも米軍にやらせておけば良いし、今ですら、給油は手前のシェミアでもできる」

「その通りです」

「ここはペリリューや餓《ガ》島みたいなことになるわね。こっちが一〇発撃ったら敵は一〇〇発撃ち返してくる。全部わかっているわ」

「わかりました。とりあえず、シアトルの隊長と話しましょう」

「ヤキマの空自指揮官とも話す必要があるわよ。そもそもあの人たちが、戦闘機による旅客機撃墜を禁じたのですから。空自のラインからも、この作戦を押してもらわないと」

「部隊長が貧乏くじを引くことになります。今は水機団隊長より上位にいるから、あの人が命令したら、水機団長は断れないんですよ？」

「何か問題があって？　責任を取るのがあの人の役割でしょうに」

原田は、シアトル・タコマ国際空港に陣取る北米派遣統合司令官の土門康平《どもんこうへい》陸将補を衛星回線で呼び出した。映像付きで。

司馬の突拍子もないアイディアを気乗りしない顔で告げると、土門は意外な反応だった。

「ま……、考えることは一緒だよな。すでに命令を出した。アンカレッジで給油中の大韓航空旅客機を二機確保した。空軍出身のパイロットが乗っている。これで日韓共同作戦になり、アメリカへも顔が立つ。もちろん、習志野から空挺団も出るが、こっちは最短でも七時間遅れくらいだろう。ナンバーワンが、韓国軍とも調整しているから、こっちへ向かっている部隊もひょっとしたら降ろせるかも知れない」

「真面目なお話だと受け取って良いのですね？」

そう言う原田の顔には嫌悪感が滲み出ていた。

「もちろんだ。ウクライナが侵略された時、ウクライナ軍は、結局はロシアの戦術に対応した。あれこれ考えている暇は無いぞ。こちらとしては、死守せよとも言えないがな。一方で、放棄は無しだ。現場の創意工夫でやってくれ！　ということで良いですかな？」

と土門は司馬に呼びかけた。

「もちろんよ。お早い決断で感謝します」

「ミニガン装備のブラックホークもいるんだ。兵隊の数だけ見ずに前向きに考えろ。この程度で逃げ出しちゃ、ウクライナ兵に笑われるぞ」

原田にはそう命じた。

映像が切れると、原田は「信じられない！」とぼやいた。

「あの人、自分がここにいたら、今頃、強硬に施設放棄、撤退を命じてますよね？」

「そうね。そういう人ですから。あの人としては、私が下がらないというのに、逃げろとは言えないでしょう」

しばらくして、またテレビ会議の映像が出た。

東京は市ケ谷《いちがや》からしかった。二人が見知らぬ陸自幹部がカメラに映っていた。

「ええと……、司馬さんが見えているということは、そこが指揮所かな？」

原田は敬礼してから「そうであります」と答えた。

「これ、映っているといいのだが……」

と相手は、卓上のネーム・プレートを取ってカメラに見せた。「防衛装備庁・長官官房装備官（陸自）・居村真之輔《いむらしんのすけ》陸将」と文字が二段に組まれていた。

陸海空でそれぞれ存在する〝装備官〟ポストの一人だ。

「どこかでお会いしましたかしら？」

司馬は、笑顔の男性に聞いた。

「いえいえ、気にしないで下さい。貴方の名前は誰も知らないことになっているそうだから。ところで、貴方は原田さんだよね？　ということは、そこに待田《まちだ》さんもいる？」

「ガルのことでしたら、シアトルです。あちらでもここのサポートは可能なので」

「そうだよねぇ。便利な時代になったもんだ。それで、忙しい所をお邪魔して悪い。そこに届けられた二両のスリンガー・システムに関して、説明しておくことがある。勝手に喋らせてもらうが、君らにとって焦眉の急は、新たに増援された部隊が撃ってくるはずの迫撃砲弾だろう？」

「そうです」

「全部、スリンガーで叩き落とせる！――」

「いくらかは墜としましたが、やはり迫撃砲弾用としては、まだまだ研究が必要かと思います」

「そのシステムだけど、甘利《あまり》君に持たせたのは、この私だ。バトルプルーフと言っては何だが、まあその話は良いか……。そのシステムは、深層学習する。ロシア軍は、空挺用ニーモーターだの、それから82ミリ迫撃砲も撃ってきただろう？　その迎撃成功率はあまり芳しくなかった。だが、その時に、漏れなくデータを取った。その得られたデータで、システムは、弾道をディープ・ラーニングし、精度を高めた。シミュレーションの結果では、横風五ノットでも、ほぼ撃墜できている。内、七割がダイレクト・ヒットだ。そのデータは、すでにアップデート済みだ。弾はどのくらい残っている？」

「ドローンと、迫撃砲弾を叩き墜しただけなので、まだひとケースも使っていません」

「そうか。なら、試みる価値はあると思うぞ。詳しくは、甘利君や待田さんに聞いてくれ。ここだけの話だが、君たちの装備は、全て把握している。待田さんとは、時々情報交換している。装備官としてね。あのスキャン・イーグルのサブスク・サービスの威力に驚いてもいるが、部隊ごとの全契約となると、ちと予算的に厳しい。私の説明は信じなくとも、彼の話なら聞くだろう？　そういうことだ。幸運を祈る！　装備庁アウト――」

甘利のことまで知っているなんて、どういう人だろうと思った。

「装備官て、出世ポストなのよね?」と司馬が確認した。

「空自では装備官経験者のトップも出ていますからね。陸海はまだそこまで行ってませんが。重要ポストではあるでしょう。でもなんで司馬さんや甘利のことまで知っているのか……。だいたい、スリンガーが、ネットワークで外と繋がって、システムのアップデートが勝手にされていたなんて初耳です」

原田は、無線で甘利を呼び出し、指揮所に顔を出すよう命じた。その隙に、配置に就かせた各部隊の残弾を確認し、後退の可能性に関して、今、検討中だと無線で伝えた。増援要請が聞き入れられる可能性はあるが、間に合うかどうかは怪しいとも。

訓練小隊、ここではチャーリー小隊と呼ばせている部隊を率いている甘利宏《ひろし》一曹が現れると、原田は、隣の教室へと誘った。二人が階級抜きで話す時にはいつもそうしていた。

「装備官って知ってる?」

「ああ、居村陸将のこと? 珍しい人だよ。陸自には珍しいやけにフランクなお人で」

「スリンガーが、迫撃砲弾を撃ち落とせると言ってきた。ディープ・ラーニングで鍛えられて。タブレット端末程度の面積しかないあんなレーダーでそこまで出来るのか?」

「できる。エコダイン社のMESAレーダー。たいした出力はないが、距離さえ欲張らなけりゃ、機関砲弾の射程距離くらい楽にカバーできる。それが最近のフェイズド・アレイ・レーダーって奴だろう。なるほど……。そういう機能はあるよ。スタンドアローンでも学習するし、そのデータはネットででも共有できるはずだ。交戦する度に精度を上げる」

「なんでそれ、ネットと繋がっているの？」

「だって、ここに来た時にMANETを張っただろう？　二両はそれで繋がっている。それで繋がるということは、衛星経由で市ヶ谷とも繋がっているということだ。お前さんらが外でドンパチやっている時に、訓練小隊は、東富士《ひがしふじ》とかに出て、新兵器テストの対抗部隊を務めたりする。その付き合いだ。ドローンなんて、ある程度変則的な飛行をする低速物体を迎撃できるんだ。射程距離内に入りさえすれば、自由落下する迫撃砲弾くらい撃ち落とせるさ」

「一〇発とか、二〇発単位で飽和攻撃を仕掛けてくるんだぞ。たったの二基で応戦しきれないだろう」

「問題ない。スリンガーには、味方の大凡《おおよそ》の位置を事前入力してある。スリンガーは発射基同士で通信し、降ってくる数十発の砲弾やドローンを脅威度判定し、互いに割り振り、最も脅威度の高いターゲットから優先迎撃する。この施設から一〇〇メートル海側、つまり海上に落下する砲弾は無視する」

「初耳だ――」

「聞かれなかったし、話す暇もなかった。侵攻部隊の迫撃砲はあっという間に沈黙したし。まさかここを死守しろってことじゃないよな？　脅威は迫撃砲だけじゃないぞ」

「そういう話になりつつある。エルメンドルフから、水機団がやってくる。飛行場に、強行着陸させるそうだ。旅客機で」

「正気なのか？」

「敵の次元で応戦するんだそうだ。ウクライナみたいに」

「まあそりゃ、敵の戦法に対応して変化する必要はあると思うけどさ……。空挺の迫撃砲中隊を待てないのか？」

「今ここにいても、兵力差でたちうちできない」

「馬鹿げてるだろう？　今、シェミアに降りているＦ-２を上げて誘導爆弾を落とせば敵を殲滅できるのに、それは政治的に出来ないから、民航機で決死の不時着を敢行して、それで隊員が死ぬのは構わないってのか？　だいたい奴ら、着陸前に撃墜しとけば、片付いていた話だよな！」

「俺は決める立場にない。でも、自分がそれを決める立場でも、撃墜は躊躇っただろうとは思うな。味方部隊は、いざとなれば、ここを放棄して逃げる選択肢もあるわけだし。初っぱなの迫撃砲攻撃をもし防戦できるようなら、あとはわれわれの技量だけでどうにか抑えられるかもしれん」

「そこに降りてきたのは、ボーイングの777だよな？　あれ、解放軍兵士が四〇〇名も乗れるんだぞ。それを俺の一個小隊と元デルタ隊員だけで阻止しろってのか？　生き残ったロシア軍も遭わせれば、兵力差は十倍超えだぞ」

「解放軍は、ロシアみたいな無茶な戦い方はしないと期待したいが……」

「スリンガーの様子を見てくる。対迫撃砲用にちょっと配置を弄《いじ》るべきかも知れない。そういうのもＡＩが決めてくれるんだ。戦場でも、俺らみたいなベテラン下士官はじきに用なしになるぞ」

　甘利は軽く敬礼して出て行った。旅客機が強行着陸してから銃声はほとんど止んだ。飛行場の向こうから、時々単発で聞こえてくるが、あれは助からない重症者を楽にしてやるピストルの発砲音だろう。

　ここはまるで、太平洋戦争に於けるサイパンや硫黄島《いおうとう》になろうとしていた。そこまでして奪い合いを演じる必要があるのか全く疑問だったが……。

第160特殊作戦航空連隊〝ナイト・ストーカーズ〟でMH‐60Mブラックホーク・ヘリコプターを操縦するベラ・ウエスト陸軍中尉は、夜明けを迎えたアダック島の、町の南側、水産加工工場からハマーヘッド湾を渡ったなだらかな丘陵地帯に機体を着陸させた。

自分が乗った機体を狙撃で撃墜したロシア軍のスナイパーを倒したばかりだった。ようやくニコラス機長の仇討ちが出来てほっとしていた。エンジンをシャットダウンすると、静かになった。航空ヘルメットを脱ぎ、ハーネスを外してほっとため息を漏らした。

昨夜、そこは安全な場所では無かった。彼女の機体が着陸した場所の直ぐ目と鼻の先に設営されたネイビー・シールズの陣地がその狙撃兵らに襲撃され、二名の隊員が命を落としていた。この島に、事前潜入した狙撃兵は、たぶん、もういない。

二機の旅客機が突っ込んでくる様子を、上空から為す術も無く見守るしかなかった。兵士が降りてくる前に、機体を銃撃できないこともなかったが、それをやって良いかどうかは、彼女らの判断では無理だった。咄嗟に決断も出来なかった。

「あそこの遺体はどうするんだろうな？」

と副操縦士役のシェミア分遣隊隊長のメイソン・バーデン陸軍中佐が丘の上を見上げながら言った。その頂上に、ネイビー・シールズが創った偽装陣地があった。上空から見下ろしてもわからないが、敵のスナイパーは、いち早くその存在を見抜いていたのだ。そこで監視に当たっていたシールズ隊員二人が殺された。遺体はそのままだ。

「一度、入ったことがありますが、入り口は少し複雑な構造になっています。もちろん狭いし。すでに死後硬直が始まっているはずだから、遺体を回収するには、いったん屋根部分を外す必要があるでしょう。しばらくはそんな余裕は無い」

湾を挟んだ対岸から、住民らを乗せた自家用車が発進しようとしていた。町を捨てて逃げるしかないことは事実だ。

「あそこから避難するとして、どこに逃げられるんだ?」

バーデン中佐が副操縦士席に座っているのは、彼はここの地形を知らないからだった。ウエスト中尉は、アダック島の地形を知り尽くしているが、まだ機長としてのライセンスは持っていなかった。

「ここから南に屋根付きの家はありません。野宿になります。真夏だから、凍え死ぬようなことはないでしょうが……。それより、どこまで避難すれば安全なのか疑問です。木一本生えていないんです。隠れる場所も無い」

「道は無いが、南東端まで歩いて、プレジャーボートをそっちへ回し、隣のカガラスカ島へ逃がすのはどうだ? 海峡はほんの一マイル。ピストン輸送で脱出は可能だ」

「ちょっと時間を稼げる程度です。食料も持たずに、その価値があるかどうか……」

中佐はハーネスを外して後ろへと下がった。

「ミニガンの弾は積めるだけ積んでくれ。二〇〇マイル前進して一戦交えてまた引き返すわけじゃない。戦場の近くに留まり、ヒット・エンド・ランで敵を攻撃する」

「それは良いですが、しかし自衛隊も町を捨てて撤退するのではないでしょうか? 住民が脱出を開始したということはそういうことだと思いますが」

「その可能性はあるだろう。どうするのか、私は指揮所に顔を出してベイカー中佐らと意見交換してくるよ。もし私が戻らないまま戦いが始まったら、君は離陸して構わない。私を拾う必要はないぞ。飛行場の近くは危険だ」

「了解です。もし可能なら、水産加工場の桟橋まで走って下さい。そこなら、敵に見えないよう、海面低く飛んで回収します」

「そうするよ」

バーデン中佐は、ウォーキートーキーが入ったザックを担ぐと、整備兵が運転するハンヴィに乗り込み出発した。

燃料を補給し、弾は格納庫から全部持ち出した。この機体がロケット弾を装備していないのは残念だったが、ミニガンでも相当な威力になるだろう。霧や、低く垂れ込めた雲の中から撃てば、反撃を喰らわずに敵を一掃できる。

第二章　雷神突撃隊

ジョーイ・西山らの隊列は、10号線を少しだけ戻った。バトンルージュ最大規模の面積を持つシティ＝ブルックス・コミュニティ公園へと誘導された。そこには、釣り堀もあればドッグパーク、アート・ギャラリーもある。

平和な時代なら、家族連れが一日過ごせるよう出来ている。今は、地域住民の避難場所となっている。腰にピストル・ホルスターを巻いた陽気なアメリカ人たちが、食料にするための釣りにいそしんでいた。

制服警官隊によって、隊列はその一角へと誘導された。そこが、テキサスへと引き揚げる民間人の集合場所だった。その列に加われるのは、テキサス州民と、居留外国人に限られる、と拡声器でアナウンスされていた。

細い径の木陰沿いに車を止め、涼むために皆車外へと出た。順調に、一時間置きに車列が出ているなら、そう待たされることもないだろうと思われた。

西山と田代は、ライブオークの樹の下で、ようやく二人きりになれた。

「それで、何があったんだ？　話せ——」

「どうしてそう思うんですか？」

「お前は、昔から勘の良い奴だ。俺が知っている田代なら、大陪審の判決前に余裕を持ってフロリダを脱出している。違うか？」

「先輩にだけは昔から隠し事はできなかったな……。実は、会社に辞表を出しました。実際に辞めるのはもう少し先ですが。いろいろと慰留されて」

「事業でも興すのか？」

「そういう景気のいい話なら良いんですが、会社側から、ドル建て給料を円建てに戻すという通告を貰いまして」

「そんな馬鹿な？　円が紙屑になったおかげで、輸出なんて絶好調だろう。なんでそんな話になるんだ？」

「それが、欧米駐在員の現地建て通貨での給料支払いが、国内の従業員で不満の種になっているらしいんです」

「余計に貰っているからってか？　そんなこと言ったって、ここの物価は、日本の三倍四倍じゃないか？　しかも会社が繁盛しているのは輸出で稼いでいるからだろう？　国内市場なんて、縮小するばかりで、何の儲けにもなりゃしないのに」

「でも、会社側の言い分もわからないわけじゃない。実際、日本の社員の最低四人分は貰っていますからね。でもマイアミも物価は高い。子供二人の教育費を抱えて、それでも暮らしは楽じゃない。会社側は、色を付けるとは言ってくれましたが、これからもアメリカのインフレは続くだろうに、給料減は無理です。それで、駐在員同士で団交しようという話も一時は出たのですが……」

「そら酷いな。自国通貨が紙切れになるってそういうことだろう？　再就職先とかは？」

「ええ、何軒か。それで、アメリカ企業に再就職するとなると、この騒動で真っ先に避難したとは言えませんからね」

「どこも駄目だったら、俺の所に来い。人間、何やってたって暮らせるものだ。人生は何度でもやり直せる。それがアメリカだ」

「先輩を見ているとそう思いますけどね。でも子供を二人も抱えると、そう楽観してもいられない」

州軍のハンヴィが現れて、西山のソナタの隣で止まった。テキサス・レンジャーのデビッド・シモンズ中尉が降りてきた。

「やあ！　サムライ。そろそろここに現れる頃だと思ってね。いろいろと調整してきたよ」

ソユンが降りてきて「わざわざ私たちのためにですか？」と尋ねた。

「州民のために働くのが仕事だ。別に貴方たちのためじゃないよ」

男たちが集まって、シモンズ中尉を囲んだ。ソユンが「中尉の奥さんは韓国人なのよ」と紹介すると、シモンズは片言の朝鮮語で挨拶してから本題に入った。

「実は、間もなく、バトンルージュ空港に、ダラスから飛んできた支援機が着陸する。ボーイング737型機だと思うが、支援物資を降ろして、ダラスへと引き揚げる。本当は、その機体は、ＬＡから飛んできて、荷物を降ろすことなく燃料だけ給油してここまで飛んでくるのだが、まあ、テキサス州としては、隣の州に便宜を図っているという形を演出したいわけだ。実際、テキサスは航空燃料を提供しているしね。で、君たちはそれに乗ってもらう。空港はここから一〇マイルほど北だが、燃料は大丈夫だよね？　マイカーは、済まないが、空港に置いてもらう。空港と周辺の治安維持も要請しているので、フロントガラスが割られる程度のことはあるかも知れないが、車自体が無くなるようなことはないだろう。で、ＬＡＸに降りるわけだが、そこから先は、自由にしてもらって良い。つまり、韓国、日本、台湾にシンガポール？　われわれは今それらの国々からの支援機を受け入れているので、その便に乗ってくれ。ＬＡＸはまだそれら外国人の避難で混雑しているそうだが、空港自体は完全に治安が維持されている。二日も待つようなことはないだろう。君たちはこれで安全だ！」

皆がほっとした顔をした。

「スウィートウォーターに戻らなきゃならないぞ。バイトだけに仕事は任せられない」

と西山はソユンに告げた。

「そうよねぇ。こればかりは賛成するしかない」

ソユンはため息を漏らしながらも同意した。それが商売の矜持というものだ。避難民の食料を提供するために、スウィートウォーターに戻る必要があると中尉に告げた。

「それは有り難いお話というか、勇気があるね。確かスウィートウォーターにも、ＬＡＸからの支援機が入っている。すぐ乗り換えられると思うよ。まだこんな時間帯だから、乗り継ぎが上手く行けば、夕方にはご自宅に戻れると思う……。や失礼！　自宅はもう無いんだったな。つくづく無茶な御家族だが、アメリカ人として感謝するよ。車列の前後を州軍とパトカーで警備する。彼らの燃料も、タンクローリーでテキサスからやってきているんだ。明日にはニューオリンズまで届く」

「その補給は、マイアミまで届きますか？」

と田代が聞いた。

「マイアミ？　それはなぁ……。マイアミに向かっているジョーダン軍曹と、携帯でやりとりするつもりだ。それで状況を確認しつつだろうな。だけど、最低でも一週間だろう。もう一週間でマイアミまで支援の手を差し伸べられれば幸運な方だ。

私はちと懐疑的だな。現状では、この隣のミシシッピ州辺りが限界だと思う。君ら、キューバに避難すべきだったな。あちらの方が遥かに安全だ。飯も美味いし。噂では、キューバ系移民が斡旋する密航船が大繁盛しているらしいぞ」

「中尉さんはしばらくこちらに？」

とソユンが聞いた。

「いや、私の役割は、ニューオリンズまで補給線を伸ばせるかどうかを確認することと、今日は夕方でコンボイを終えるのだが、夜も走れるかどうか、ルイジアナ州政府をどやしつけて、ルート確保の調整をすることだ。テキサスだって、避難民を抱えすぎて治安は怪しい。どこか一箇所で小さな暴動でも起これば、大暴動に発展するかも知れない。明日には帰るよ」

韓国人男性らは、シモンズ中尉を敬礼で見送った。

「先輩、家族は帰国便に乗せますが、自分は先輩と一緒に行動させて下さい。そのスウィートウォーターで、飯炊きでもしますよ」

「人手は圧倒的に足りてないから、それは助かるが、良いのか？　帰国して、有休を消化しつつ、日本で再就職先を探すという手もあるぞ」

「あんな落ちぶれた国でですか……。ご免ですね」

「そこは、俺も同感だけどな」

五分後、ダウンタウンの北にあるバトンルージュ・メトロポリス国際空港目指して隊列は出発した。

このヒュンダイ車をどうしようかと西山は思っていた。孔が開いているからドアは両方交換しなきゃならない。ソユンは新車を欲しがるだろうが、ここまで苦楽をともにした愛車だ。騒動が収まった後、取りに来られれば良いが……、と思った。

人民解放軍特殊空挺旅団〝雷神《レイシェン》〟突撃隊を率いてアダック島飛行場に降りてきた火龍《フォロン》空挺軍少将は、燻るエンジンから出火する前に、機外へと脱出に成功した。

強行着陸は狙った通り成功した。つい昨日まで、この民航機を飛ばしていたパイロットたちに勲章を授ける必要があるだろう。この島を占領後、この飛行場はただちに再開させねばならない。滑走路上で擱座や炎上はさせられなかった。

そのため、ボーイング777型機をわざと滑走路真ん中辺りに着陸させ、たいして減速させることなく、滑走路端を飛び出し、フェンスを突き破ってなだらかな斜面に機体を突っ込ませる必要があった。

パイロットは着陸と同時にエンジン・リバースを入れ、さらにはフェンスを突き破る瞬間に両エンジンの消火スイッチを入れた。もとより燃料は最小だった。

着陸時に胴体がぽっきり折れて、十数名が死ぬことを覚悟していたが、胴体は折れることは折れたが、それは最後の瞬間で、しかも胴体下部がクッションになり、客室の破壊はそれほどでも無かった。

まず、消火器を持った兵士らがシューターで飛び降り、まだ熱を持つ両エンジンに、前後から大量の消火剤をぶち込んで出火を阻止した。

あとは、簡単と言っては何だが、そこで作戦はあらかた成功したようなものだった。兵士をいったん出した後、エンジン・カッターで胴体下部にドアを作り、下に収めた重火器類を回収させた。この濃い霧が出ている間が勝負だった。いつ晴れるかもわからない。

晴れてしまえば、飛行場側から重機関銃の洗礼を受けることになるだろう。霧が晴れる前に、兵士らを散開させ、それなりの場所に潜ませる必要があった。

視程はほとんどない。日が差しているわけでもないので、東西南北すらわからない。二〇歩進んでは、いちいちコンパスを覗く必要が出て来た。

副官に大隊長、作戦参謀を従えて歩くが、時々ばらけて、連れを探す怒鳴り声が聞こえた。

「ここで一番、ロシア語が得意な者は誰だ？」

「もちろん、ロシア留学が一番長い旅団長殿です」

作戦参謀の蘇宏大《スゥホンタア》空挺軍中佐が霧の中から答えた。

「歳は取るもんじゃないな。私は、ロシア語はできないということでどうだろう？」

「それは無理です。旅団長は、過去二回、ロシアで開かれた空挺部隊競技大会に出席してます。それも調整役として企画段階から加わった年もある。貴方の名前と顔はみんな知ってますよ」

静かだった。誰かが負傷兵を楽にしているだろう銃声以外、小鳥の囀《さえず》りひとつ聞こえて来ない。

「静かだな……」

「あの銃声は無視ですか。海鳥くらいはいるでしょうが、木も生えない孤島ですからね」

背後から大隊長の鍾義和《チオンイーホー》大佐が追い掛けてきて「自分は先に出て指揮所を設営してきますが、予定通りの場所でよろしいですね？」と確認を求めた。

「あそこで良い。露軍の近くは駄目だ。可能な限り、離れた場所に」

一〇〇メートルも歩かない内に、複数の戦死者の遺体と遭遇した。機体から離れることが最優先だったので、最初は構わなかったが、火将軍は、遂に立ち止まった。屈み込んでその戦死者を観察した。

遺体は両手両足を揃えて仰向けに寝かされていたが、ブーツも靴下も履いてない。防弾ベストも、ベルト、ヘルメットもない。身につけているものは、戦闘服のみだ。引きちぎった後のドグタグのチェーンがそばに落ちている。そして、残る一枚は、チェーンを首に巻いたままドグタグを口の中に深く突っ込んであった。

「首の辺りを撃ち抜かれていますね。たぶん五・五六ミリではなく、七・六二ミリ弾です。でも、戦場では、こういう死に方はまだましな方でしょう。このロシア兵は、たいして痛みを感じることもなく、即死できたはずですから」

「……」

「中央アジア系の顔だよね。ロシア系では無い」

「装備の再利用は重要です。われわれもこうするしかない」

「それは、できれば避けたいぞ。負け戦の典型だ……」

腰を上げて歩き出す。土地には、かなりの起伏があり、それは身を隠すには十分だった。そこは全体としては登りの緩斜面だが、身を隠す場所はある。ロシア兵は、そういう地形を利用して前進しようとしたことは明らかだった。

「どう思う？　ロシア兵が、死体の山を築いても前進を阻まれるとは……」

「そうですね。若干奇異な印象は持ちます。爆撃は無かったとのことですから、ロシアの戦法で阻止されるなんて、米側の増援が間に合ったということでしょう。それもかなりの兵力が」

「増援はあっただろうが、兵力に関していえば疑問だな。それだけの兵力があれば、今頃殲滅しているだろう。せいぜい、侵攻を阻止する程度の増援ではないか？　C‐17輸送機二機で送り込める程度の歩兵だろう」

ようやく生きたロシア人と遭遇した。危うく撃ち合いになる所だった。それほど霧が深い。こちらが味方であることを教えるために、常にホイッスルを吹いていた。ロシアの同盟国、それも空挺部隊同士でしか通じないホイッスルの吹き方だった。そこいら中で、そのホイッスルの音が鳴り響いていた。

「それに、この堀状の小川も使えると思わないか？」

「はい。たぶん、ロシア軍は、こういう地形を大いに活用したはずです。ちと解せません。滑走路際まで、安全に接近できたはずです。向こうの指揮官と話せば状況はわかるでしょうが……」

「前のめりはなしだぞ。これはロシアの戦争だ。アメリカなんて、混乱の果てに破滅するのをただじっと待てば良い。熟柿が落ちるのを網でも持って突っ立っていれば良いのだ。ロシア人はせっかちだから」

ロシア軍の指揮所へ案内されたが、そこは堀状の地形を利用した場所だった。バラクーダ・ネットの上に、むしった草が被せられ、一応の屋根になっている。とても雨を防げるとは思えなかったが、一日二日ここで耐え忍ぶ分に関しては十分だろう。どこで拾ったのか、朽ちかけたベニア板が、テーブルとして置かれていた。

第598独立空中襲撃大隊を率いて降下してきたニコライ・ゲセフ空挺軍大佐が二人を出迎えた。足下は、少し泥濘んでいたが、ブーツを濡らさずに済むよう、敷石が敷き詰められていた。

「遅くなった。解放軍部隊、四〇〇名を率いてきた」

火将軍は、固い表情で、いっさいの軽い冗談もなしにロシア語で敬礼した。

「何方《どなた》かと思えば、火将軍ではないですか？　四〇〇名の部隊を率いるには、少し大げさ過ぎませんか？」

「それが、出発直前になって、そちら側から、こちらはロマノフ将軍が出るが、そちらは誰が指揮を執るのか？　と聞かれて、私が乗り込んだ。失礼があっては困るのでね」

「それは災難でしたな。こちらの状況はどの程度ご存じですか？」

「全く。われわれはそもそも、大佐らの部隊が無事に島を占領した後に、奪還しにくるアメリカとその同盟軍を牽制するために飛び立ったのだ。普通に、滑走路に着陸して、タラップを使って降りるつもりだった。ロマノフ将軍は？」

「あちらの機体も無事に降りたようです。ただし場所が遠いので、参集にはしばらく時間が掛かります。われわれはまあ、ご覧の通りでボロ負け中です」

「米海軍の施設管理中隊がいるだけでは無かったのかね？」

「いえ。直前に、陸兵の増援がありました。恐らく、韓国軍ではと思われます。ただし、明るい時間帯に、敵兵と一〇〇メートル以内に接近した兵はいず、もちろん捕虜も死体も回収していないので、詳しいことはわからない」

「向こうにも迫撃砲が？」

「いえ。歩兵のみです。ただ、ミニガンを装備したブラックホーク・ヘリが、霧の中から撃ち降ろしてくるし、とにかく、撃ちまくってくる。狙撃兵も腕が良い。ドローンは、敵の真上に達する前に叩き墜される。たぶん対ドローンに特化した防衛兵器が入っています」

「しかし、君ら、総数で五〇〇名を超えていたのだよな?」

「そうですね。それなりに攻めたつもりだし、犠牲も払ったが、この結果です。この辺りの地形はご覧になったでしょう。私も攻め易いと思ったのです。ところが、敵は自分らがどこから現れるかちゃんと計算していた。至る所で待ち伏せ攻撃を受けた。自分らは、施設管理部隊が相手だと思ったので、ロケット兵器の類いもなく、ただ力業で押すしかなかったという状況です」

「それで、敵に降伏勧告とかはした?」

「自分らが降りた時に、誰かが電話を掛けたはずです」

「では、再度やる必要があるな」

「解放軍まで併せれば、われわれの総兵力は千を超える。その必要は無いでしょう。数で押し切れる」

「それはわかっているが、犠牲は最小に留めたい。ロシア軍にとって、兵隊の命は軽いかも知れないが、解放軍にとっては違う。高度に訓練された兵士の命は貴重だ」

「空挺軍の指導者のお言葉とも思えないが、いかにも将軍らしい。しかし、もたもたしていると、米側にも増援が入りますよ? エルメンドルフからはほんの二〇〇キロしかない。三時間で飛んで来られる」

「承知している。だがまあ、その間にやろうと思えば、殲滅はできるよね。敵だってそれはわかっているだろう。だらだら交渉する気はない。だが、増援を待って三時間戦い、ここで半数が戦死するよりは、今降伏した方がましだろう。降伏はせずとも、飛行場を明け渡して後退する程度のことは提案すべきだ。大佐だって、これ以上の戦死者は出したく無いだろう?」

「われわれにとっては、戦争はいつも勝つか負けるかです。ロシアでは、犠牲の大小は誰も気にしない」

「私の方で使者を出す。それとも、ロマノフ将軍の同意を得るべきかな？」

「いえ。結構です。ただ、自分は聞かされてなかったことにして下さい。どの道、仕掛けるにはまだしばらく時間が掛かる。その間に将軍が気が済むように行動して下さい。邪魔はしませんので」

「済まないが、この先もあるし。私の部隊は、本来、対米戦用でもないのだ」

「台湾攻略部隊ですな。では、自分らは何方と作戦を練ればよろしいでしょうか？」

「大隊長の鍾義和大佐が指揮所を開設しているところだ。ここからは少し歩くが、お互い連絡将校を派遣することになるだろうし、大佐の部隊は少し損耗が酷すぎるようだ。細かな状況を聞いた後、われわれが前線に立とう。どの道、迫撃砲部隊が配置に就くにも時間は掛かる」

「そうしていただけると助かります」

二人の中国人が去っていくと、パベル・テレジン曹長が、「よろしいのですか？」と大佐に聞いた。

「降伏勧告か？　好きにさせておくさ。ひょっとしたら、向こうは応じるかもしれんし。さすがに大型旅客機二機分の増援とは戦えないだろう。当然向こうも増援を呼んだだろうが、エルメンドルフを今すぐ離陸したとしても、時間的余裕はある。まともな判断力があれば、たったそれだけの時間で自分らが全滅することくらいわかるだろう。それがわからないほど間抜けなら、やっぱり全滅するさ。呆気なくな。そこにどんなゲーム・チェンジャー兵器があろうと、数の暴力には勝てない。解放軍、ロマノフ将軍が準備を整えるのを待とう。コーヒーくらい持ってこなかったかな……」

海側の味方はこれで増強されるが、こちら側は、解放軍との共同作戦になる。指揮官が少将なのは、中国側として、ロシア軍に仕切られることを拒否するためだ。その意志を指揮官の階級で示したということだろう。初手で敵を押し切れなければ、面倒なことになりそうだとゲセフ大佐は思った。

アダック島飛行場では、前線に一番近い管制塔の屋根に、ドローンが一機引っかけてあった。羽のモーターは止まったまま、ただ、監視用のレンズだけが生きている。そのデータは、衛星経由ではなく、MANETを経由して兵舎跡の指揮所に届けられていた。

そのカメラが、霧の中に消えている滑走路西端から、何かがゆらゆら揺れながら現れる場面を発見した。しばらくして、それは白旗を振る兵隊だとわかった。

ヘルメットのデザインは、解放軍のものだ。

「あの旗竿、わざわざ持って来たのかしら。竹ではないわよね。ここには生えていないから」

と司馬がそれを見ながら言った。

「勝利した記念写真を撮るためじゃないですか。部隊旗とかを結ぶ予定で持参したのでしょう」

水産加工工場から戻ってきたベイカー中佐が言った。

「ここにいないけど、甘利さん、北京語は？」

「自分よりまともなことは確かです」

と原田が答えた。

「では、甘利さんに行ってもらって下さいな。どうせ降伏勧告なのだから、適当に引き延ばして帰ってくれれば良いわよ」

しばらくすると、ハンヴィに乗った甘利が、同じく白旗をアンテナに巻き付けて滑走路へと走って行く。丁度、閉鎖滑走路と交わる辺りで相手方と接触した。

二人は、ほんの三〇秒ほど話している様子だったが、甘利が無線で指揮所を呼び出してきた。

「向こうは、部隊長の少将が話すそうです。どうしましょう? このまま自分が相手してよろしいですか?」

それを聞いた瞬間に、司馬は装備を解いていた。ヘルメットを脱ぎ、防弾ベストも脱いだ。

「行くんですか? それくらい着て下さい」

「嫌よ。こんなむさい格好で誰かと挨拶するなんて真っ平です。失礼があっちゃ拙いでしょう? それとも、貴方が行って、その下手な北京語でやりとりします?」

「わかりました。いざという時に援護できるよう待機させます」

ベイカー中佐が「私が同行する必要はないのかな?」と、二人の日本語のやりとりに割って入った。

「私に何かあったら、中佐が指揮官です。二人とも行くのは拙いでしょう」

と司馬が涼しい顔で言った。

その頃には、霧の中から、その指揮官らしい男性が手ぶらで出てくる所だった。どうやら向こうも防弾ベストは着ていなかった。ヘルメットも無い。

「潔さは、あちらも同じようだ」

甘利が乗るハンヴィが戻ってきて、管制塔建て屋の陰で司馬を拾い、また滑走路の中央部へと向かった。

司馬は、ハンヴィを手前で止めさせ、五〇メートルほど歩いた。そして、相手の将官と五メートルほどの距離で立ち止まり、敬礼した。一瞬、階級章のベルクロを剝がして見せた。

「英語でよろしいですかな?」と火将軍は英語で尋ねた。

「将軍が、英語の方がよろしければそうしますが？」

と司馬は笑顔を浮かべ、北京語で応じた。

「これはまた、とんだ奇襲攻撃だ……。ロシア軍は、韓国軍と戦っていたつもりらしい」

「ええ。韓国軍にも増援依頼は出してあります。ゴッド・オブ・サンダー。〝雷神《レイシェン》突撃隊《トウージードゥイ》〟。広報用部隊と言っては失礼かしら？」

二人は、その距離を保ったまま名乗りを上げた。

「台湾軍が、われわれのことをどう見ているのか、正直わからない。連中は、われわれのことを斬首部隊だと言っているが、普通の空挺特殊部隊だよ。なんでもやるというだけの話だ。君ら、あの特殊作戦群という連中だな。驚いたな。北京語を喋る女陸軍大佐か。貴方がその部隊を率いてきた？」

「私、別にこの部隊を率いているわけではないのですけど、単なる北京語講師です。斬った張ったとか、鉄砲のこととかよく知りませんのよ。箸より重たいものは持たない主義なので……。でもいろいろとあって。解放軍が降りてくるのも全く想定外でした。私、さっきから少し考えていたんですの。どうして中国が、ここまでしてロシアに協力するのか？」

「ぜひ教えてほしいな。率直な所、私にはわからない。一人っ子政策で生まれた大事な一人息子を、ロシアの戦争で危険に晒すことの意味が。一度は断った。普通の空挺部隊で良いではないかと」

「そうね。空挺六個旅団は、ちょっと大きすぎますよね。それに加えての雷神突撃隊だから。しかも、ロシア軍の真似をして、空挺軍を空軍から独立兵科扱いにしたようだし。

ロシアは、アラスカを奪還したいのでしょう？でもロシアにはすでに十分な資源がある。西側はちょっとしか買ってくれないし、経済制裁で、掘

削リグのビット一つ手に入らないけれど。一方で、中国には資源が無い。ロシアは気前よく売ってくれるけれど、十分ではないし、そもそも、中国にとって、ロシアは信用できる隣国でもない。仮に、ロシアがアラスカを奪還できるとしたら、そこの資源を買うのは、もっぱら中国ということになる。そもそも資源採掘に労働力や技術を出すのも中国でしょう。ロシアは、そのナラティヴを完成させるためにアラスカの奪還に執着するけれど、実際にそれを有効利用するのは同盟国の中国ということになるでしょう」

「なるほど！　そこまでは考えなかったな。党にとっては、それだけの犠牲を払う価値があるというわけだ。それで、われわれの総兵力は自衛隊の恐らく一〇倍以上に及ぶわけだが、どうするね？　別に降伏しろとは言わない……。ところで話は変わるが、貴方は、中国人らしいが、ルーツはどの辺りかな？」

「ウイグルです。貴方がたがあそこでやってる民族浄化に関しては、特に意見はありません。それを言ってどうなるものでもないし。百万もの無垢な人々を収容所に入れて再教育するコストを払うことに意味があるとは思えないけれど」

「十分に、意見を言っているよ。残念だが、私にはどうにも出来ない。これは、余計なことを聞いてしまったな。それで、私としては、自分の部下たちに死んでほしくない。彼らは選抜されてこの部隊に配属された、優秀だし、訓練には金も掛かっている。だから、お互い、無用な犠牲を防ぐという意味で、君らが飛行場と町を放棄して脱出するという選択は悪くないと思う。追撃はしない」

「それは悪く無い話ですね。ところで、われわれはまだこのエリアの制空権を完全に支配していて、シェミア島からは、誘導爆弾を搭載した味方の戦闘機がそろそろ離陸したはずです。そちらはどうしましょうか？」

「いやぁ、君らはやらんだろう。たとえそれが韓国空軍の戦闘機でもやらないと思うな」

「私、空爆が無ければ、撤退か全滅かだと上に直訴しました。これから起こることに関して、責任は持てません」

「それはまあ、貴方を恨んだりはしない。お互い、任務で来ていることだし」

「仮に、ここを奪ったとして、どうやって維持するんですの？　米軍はいざとなれば、本土からステルス爆撃機を飛ばしてこられるし、われわれははんの半日で真っ直ぐ飛んで空挺を投入できる」

「アメリカはともかく、日本と韓国にそれだけの犠牲を払ってこの島を死守する理由はないだろう？」

「ええ。個人的には、全くないと思います。お互い、辛いですね。意味があるとは思えない戦いで若者を死なせようとしている」

「そうだな……」

と言ったきり、火将軍は黙った。

「これは、将軍にとって意味ある会談だったかしら？……」

「もちろんだ。自分がどういう敵と対峙することになるのか知るのは有益なことだ。貴方にとってもそうでしょう？」

「そうですね。殴り合いは避けたいわ。雷神部隊を相手に白兵戦なんて、ぞっとする」

「同感だ。私の部隊は、そういう通常戦争のための部隊ではないのに……。党としては、解放軍が本気でロシアを支援していると誇示したかったのだろう。迷惑な話だが。貴方の無事を祈っているよ」

「ええ。わたくしも――」

司馬は敬礼すると、踵《きびす》を返してハンヴィに戻った。甘利が、「どんな感じですか?」と後部座席に乗り込んだ司馬に聞いた。

「驚いたわ。雷神部隊を送り込んできた」

「それ、空挺旅団とは独立した空挺部隊ですよね。台湾総統府の斬首部隊とか言われている」

「こういうこと言ったら拙いかも知れないけれど、行けるかも知れない。彼らは、もっぱら都市ゲリラ戦に特化した部隊よ。閉所戦闘は得意でも、こういう戦闘は得意じゃない」

「気休めにしかなりませんね。それを言うならわれわれだって同じでしょう。彼らは、空挺兵の中から選抜される。指揮官を含めて、一通りこういう戦闘の訓練や研究はしているでしょう」

「そうかしら……。そうよね……」

司馬は、ぬか喜びしたなと反省した。自分らもこうして立派に歩兵戦を戦っている。彼らだってやってのけるだろう。

「それはそうと、シェミアのF‐2部隊、離陸したそうです」

「この戦力差、二時間も持ち堪えたら立派よ……」

司馬は、指揮所に戻ると、降りてきた解放軍部隊が、雷神部隊であることを皆に伝えた。

「指揮官は、聡明そうな人だったわよ。ちょっとインテリっぽかった」

「それで、撤退はなしですか?」

とベイカー中佐が質した。

「中佐の部隊は、水産加工工場まで後退させて下さい。同士撃ちの危険があります。西側は、われわれと元デルタで支えますから」

「いや。そうはいかない。ここはわれわれの施設だ。踏み留まる義務がある」

「そうして頂いても、われわれの邪魔になるだけです。ここは危険です。迫撃砲弾が降ってくる。中佐、貴方の素人部隊を遠ざけるための理由をあれこれ考えている余裕がないのです！　早く出ていって下さい。貴方には地域住民を守る義務もあるでしょう？」

「……わかった。部下からブツブツ言われるだろうが、ここはお任せする。兵士をいったん水産加工工場に集めるよ。ただし、あくまでも、貴方たちの部隊が崩れた時の増援部隊として待機させるのが目的だ」

「それで構いません」

　ベイカー中佐が、そこに留まっていた部下らを促して出て行くと、司馬は「それで……」と原田に向き直った。

「何か、私たちに有利な状況はあって？」

「ひとつ、気付いたのですが、彼らは、ロシア軍にせよ解放軍にせよ、ここの戦況を知らないまま離陸したはずです。つまり装備は、あくまでも守備用の装備で来たはずです。ロケット弾の類いを余計に持参したとは思えない。閉鎖滑走路沿いに走る小川《ブルック》沿いに移動してくるはずです。そして狙撃兵や重機関銃を、背後のヒルサイド通りに配置して撃ち降ろしてくる。これは狙撃で対応します。元デルタの狙撃手も腕は良いようですし」

「そのスリンガー・システムが迫撃砲弾の迎撃に失敗したら、負傷者を担いでここを逃げ出すしかないわよ？」

「そうですね。信じるしかありません」

「ウクライナでは、ありとあらゆるゲーム・チェンジャー兵器が生まれたけど、でも結局、数には勝てなかったわよね……」

「もう一点、海岸沿いの攻防に関してです。われわれはここをほんの一個分隊で守り切りましたが、ロシア軍の増援を加えて、新たに対峙する敵は、四五〇前後だと思われます。最初に対峙した敵の勢力が恐らく二〇〇超えですから、その倍。しかし敵は、戦線を横に広げられるわけではありません。これまで同様、開けた滑走路を渡るか、海岸沿いに遮蔽物を探して前進するかしかない」

「最初に突っ込んできた連中は、明らかに油断していたわ」

「ナイト・ストーカーズのブラックホーク・ヘリも有効に使えるでしょう。敵を翻弄してくれます。念のため、パイロット・クルーとの無線を三系統用意しました」

「せめてあれ、ハイドラくらい積んでてくれれば、一個中隊丸ごとミンチにできるのに」

司馬は、また装備を身につけ始めた。

元デルタ隊員の傭兵部隊を率いるアイザック・ミルバーン元陸軍中佐が現れた。

「君らのウォーキートーキーを一つ借りに来た。海軍を追い出したんだって？ 正しい選択だと思う。彼らは邪魔にしかならないだろう」

「中佐は脱出しなくて良いのですか？」

と司馬が聞いた。

「アフガンでは、タリバンだけでなく、地の利がある部族相手に、数で決定的劣勢にある戦いを何度か経験したよ。私は、銃身の焼き付きを心配しているが、それ以外のことを案じても仕方無い。うちの狙撃手は優秀だし、大佐の狙撃手も優秀だ。ネイビー・シールズ隊員もいるし、ミニガン装備の武装ヘリもいて、腕の良いパイロットは、この島の地形を知り尽くしている。ヒット・エンド・ラン戦法で敵を翻弄するだろう。そこいら中の建物、民家が孔だらけになるだろうが。しかし、航空支援はないのか？ 貴方の政府も、意外に非情だな。兵隊を見捨てるとは」

突然、近くで発砲音がした。装甲車両ハウケイに乗せた〝スリンガー〟対ドローン用迎撃システムのブッシュマスター30ミリ機関砲が発射されたのだ。

原田は、ハウケイを移動させるよう命じた。射点がばれたら、すぐ移動させるのが基本だ。でなければ、迫撃砲弾を浴びることになる。通常、自分へと真っ直ぐ向かって落ちてくる砲弾に関しては、ものが何だろうと迎撃精度は落ちるものだ。

「スリンガーで迫撃砲弾を叩き墜とせるんだって？」

「われわれも初耳ですが、一応、賭けてみるしかありません。最初は、それなりに迎撃しました。完全ではなかっただけで。その時のデータで、学習したそうです。中佐殿の布陣エリアもカバーできるはずです」と原田が説明した。

「残念だわ、中佐。さっさと敵に白旗を揚げさせて、今頃は、中佐とバーで一杯やっているはずだったのに……」

と司馬が嘆いた。

「怖くないのですか？」とミルバーン中佐は真顔で司馬に聞いた。

「私たち、日本の一〇倍の軍事力を持つ恫喝的な国と、国民が飢えているのに核開発に躍起になる国と、この二十一世紀に平然と隣国を侵略する国に囲まれて暮らしているのよ。ちょっと鈍感かも知れないわね。それにまあ、ワンサイド・ゲームって、なかなかないでしょう？　相手にそれをさせなければ良いのよ」

「たいしたお人だ。無事に生き残ったら、バーで奢りますよ」

「ぜひ――」

ミルバーン中佐は、ウォーキートーキーを受け取って出て行った。またスリンガーが二発発射される。敵はどうしてもわれわれの真上にドローンを飛ばしたいらしかった。三〇ミリ機関砲の発砲音は大きく、指揮所から数百メートルは離れている発射地点なのに、その度に窓が震える感じがした。

第83親衛独立空中襲撃旅団を率いてエアバス機で強行着陸してきた旅団長のヨシーフ・ロマノフ空挺軍少将は、発砲音に気付いて空を見上げた。気付いた時には、バッテリーが発火した偵察ドローンが墜落していく所だった。

だいぶ高度が高い所を飛んでいたせいで、前方の霧の中に落下するまで、しばらく時間が掛かった。あの高度のドローンを撃ち落とすとは、ショットガンの類いではない。それなりの対ドローン・システムによる迎撃だろう。なるほど敵の様子も摑めないとあっては苦労するわけだと思った。

やがて、自分たちが歩いている辺りも霧に包まれてくる。先に出した斥候が、路上に斃れる味方死体に阻まれて停止したという連絡が入った。

その電動バイクは貴重だ。いったん引き返せと、ロマノフ将軍は命じた。

しかし、爽やかな朝、見事な景色だった。穏やかな湾があり、雪を被った独立峰があり、延々と続く緑の丘がある。ウクライナとはまるで違う。ドローンが擲弾を落としてくることもなければ、偽装した塹壕の中から敵兵が撃ってくることもない。ここは天国だ！

天国と見まがうばかりの景色だ。なんでこんな所で戦い、手間取っているのか、一瞬、状況を忘れそうになる。

迎えに来てくれた味方の兵士は、戦闘服の左脇腹に風穴が空いて破れていた。聞けば、少し火傷はしたが、幸い、皮膚一枚持って行かれただけで助かったとのことだった。

　第635独立空中襲撃大隊指揮所では、部隊を率いて来たイーゴリ・ダチュク空挺軍中佐と、彼に同行した旅団参謀のアンドレイ・セドワ空挺軍中佐が待っていた。

「やあ、イーゴリにアンドレイ。苦戦しているようだな……」

「申し訳ありません。敵の防備が固く――」

「韓国軍だって？」

「いえ。さきほど、敵に降伏勧告して接触した解放軍から報せが入りました。われわれが戦っている相手は、日本軍です。自衛隊の特殊作戦群だそうです」

「ほう！　いきなり切り札を投入してきたのか。敵も、ここが勝敗を決する要衝だと理解しているということだろうな。ここは、われわれにとってのホストーメリ空港になりそうか？」

　ロマノフ将軍は、小川の土塀に突き立てられたバヨネットに視線をくれ、柄の部分に束ねて掛けられたドグタグを数えた。一〇枚以上はあった。

「戦死が三〇数名。負傷はその倍です。戦力を半分ほど喪失しつつあります。それでもまだ私の大隊だけで、敵より勢力大であると確信していますが。残念ながら正攻法でしか攻撃できません。霧を利用して滑走路を渡ろうとしても、何一つ障害物がない広大さです。五〇メートルも前進する頃には、蜂の巣です。敵は丘に作った防御陣地から精確に撃ってきます。時には、霧の中に潜む機関銃手すら狙ってくる」

「ゲセフ大佐の部隊はどうなのだ？」

　とロマノフは旅団参謀に聞いた。セドワ中佐は、折り畳まれたペーパーを開いて見せた。あちこちびっしりと書き込まれている。赤字の×印は、戦死者が出た地点だ。

「絵心のある奴に、飛行場周辺をスケッチさせました……。この未使用の閉鎖滑走路の西側に、塹壕のような堀が沿っています。昨夜から、ゲセフ大隊はここを下り、閉鎖滑走路南側へ出ようとしましたが、敵はその堀の中で待ち伏せしており、退却を余儀なくされました」

「一歩一歩前進するしかないな。ウクライナではそうやって敵地を占領しただろう？　この堀自体は安全なのか？」

「場所によっては腰まで水に浸かるという以外は、ほぼ安全です。滑走路反対側の敵からは、目隠しされて撃てませんから」

「君らが海岸線を突破できないのであれば、解放軍部隊に、山側に大回りしてもらって、飛行場南端から攻略してもらうしかあるまい」

「あとは、迫撃砲攻撃で……」

「その件なのだが、君らは私が、82ミリ迫撃砲とその砲弾をある程度持参したと思っていることだろう。ない！　私は第一に食料のことを心配してな。何しろ島民のこともあるから。だから、唯一余計に持参したのは食い物だ」

ダチェクもセドワも、明らかに落胆した表情だったが、下士官らはむしろほっとした顔だった。

一瞬で飛行場を占拠し、すぐ補給機を呼べるつもりでいたので、まともな糧食はほんの一食分しか持参しなかった。今ですら、戦死者のポケットをまさぐってビスケットの類いを奪い合っている状況だった。

「ないよりはましです。解放軍が迫撃砲を持参していないとなると、かなり厳しい戦いになりますが……。雷神部隊の少将が乗っていたとかで」

「中国側も抜かりはないさ。こちら側が旅団長が自ら出撃すると聞いたら、それに階級を合わせてきた。ロシア軍の指揮下に入る気は無いという意思表示だ。だが、人数は期待していいだろう。まさか、観光に来たわけじゃない」

「何をやるにせよ、作戦は急ぐ必要があります。エルメンドルフから、増援部隊が飛び立つ頃です。猶予は三時間ほどかと。その間に、飛行場と町を占拠しておく必要があります」

「わかっているとも。解放軍部隊の指揮所の場所は聞いている。アンドレイは同行してくれ。道すがら、細かな話を聞くとする。イーゴリは、ひとまず私が連れてきた部隊を適当な場所に配置させてくれ。指揮官連中は、ここの地形を全く知らないのでな」

「途中、ゲセフ大隊の指揮所に立ち寄りましょう」

「ここはずっと登りなのかね？」

「緩やかな登りですね。ただ、この辺りの最高地点は、ほんの一五〇メートルです。良い運動になりますよ」


ロマノフ将軍は、指揮所から僅かに下った場所に設けられた野戦診療所を一瞥した。霧の中に僅かに見下ろせる程度だったが、衛生兵が忙しなく動き回っていた。そこに軍医はいなかった。ウクライナの戦場で、軍医はあらかた戦死した。そして国内では、腕の良い外科医はさっさと国を捨てて逃げ出していた。

解放軍には軍医が同行しているだろうが、ここではたいした治療も出来ないだろう。上官の手で楽にしてやるしかなかった。

ゲセフ大佐の指揮所に立ち寄り、ダチュク中佐とほぼ同様の状況説明を聞かされた。

地図や衛星写真を見た時、なぜ部隊は滑走路沿いの堀を伝って移動しなかったのだろうと思ったが、段々とわかってきた。

これはある種の罠なのだ――。恐らく、大戦中にこの飛行場が設営された時、すでに米陸軍は、この堀をわざと設定したのだろう。もし日本軍が上陸してきたら、敵は、この堀を塹壕代わりに利用してくる。だが、それこそが、米軍の狙いだったのだ。いったんこの堀に嵌まれば、首も出せなくなる。塹壕には違いないが、ここに引き籠もっていては戦闘はできない。そうこうしている内に、数を減らすことになるだろう。

指揮所を出てからは大変だった。全く何の道も無い場所を、ただタブレット端末で、自分たちがいる場所を確認しつつ歩いた。膝下の下生えを掻き分け、時々、渓流のような水たまりにも嵌まった。

「少なくとも、ここは真水が入手できるという点では大きいな」

一五分ほども悪戦苦闘して歩くと、かつて道路があったような痕跡の場所に出た。解放軍兵士が歩哨に立っている。

なだらかな丘の中腹に、少し窪んだバンカーがあった。解放軍はそこにバラクーダ・ネットを張り、指揮所を設営しようとしていた。

「やあ！　火龍将軍。久しぶりだ。君と作戦を詰める時間が持てなかったのは残念だ」

二人は、古い付き合いだった。佐官時代、火がモスクワの軍学校に留学していた頃、ロマノフは、自宅に招いたりもしていた。

火将軍は、「ちょっと歩こう！」とバンカーの外に出た。霧はまだ深い。空は見えなかった。敵のドローンが飛んでいるだろうが、地上の人間が見えるとは思えなかった。

「指揮所を設けるには、少し、山奥過ぎないか？」

「何事も安全第一だ。私が想定していたより、状況はかなり酷そうだ」

「わかっている。ここまで酷いことになっているとは思わなかった。私の部下らは、ここをただの飛行場だとみていた。だが、私が見た所違うな。これは、旧日本軍の逆上陸に備えた要塞だ。簡単に攻められるはずもない」

「時間がない。迫撃砲部隊を今、配置に就かせている。霧が晴れようが晴れまいが、時間が来たら仕掛けるしかない。空港沿いの堀に沿って移動するのは良くないな。失敗したのだろう？」

「そう。見事にやられた。だが最初は、部下らもあそこは避けて、少し山側から攻めたようだ。アンドレイ！　そうなのだろう？」

と数歩遅れて歩くセドワ中佐に聞いた。

「はい、そうです。アサルトによる敵の攻撃を避けるために、山側の道を通り、未使用滑走路南端に回り込もうとしました。ところが、さらに山側に潜んでいた敵に奇襲を仕掛けられ、後退を余儀なくされた。それが最初の想定外でした」

「その話を聞いて、更に大回りするしかないと判断した。即席の作戦でいけるかどうかわからないが、この霧が晴れる前に、主力部隊を南西へと大回りさせている所だ。敵が気付いた時には、未使用滑走路南端の更に南から取りつけるようにしたい」

「良い作戦だと思う。残念だが私の部隊は、それだけの作戦ができるような規模を喪失していた」

遠くから、ブラックホーク・ヘリコプターのローター音が響いてくる。

「鬱陶しい騒音だな……」

「あのミニガンで、最低でも十数名が戦死しました。負傷者は無数です」

とセドワ中佐がローター音のほうに目を向けながら言った。

「だが、ハイドラ・ロケット・ランチャーの類いは装備していないのだろう？　それだけでもまだましだ。ミニガンの射程距離まで接近されるようなら、歩兵が担ぐ対空ミサイルで牽制できる」

と火将軍が言った。さして気にしていないという感じだった。

「彼ら、この濃い霧の中を自在に飛び回って、見えていないはずのわれわれに向けてミニガンを撃ちまくってくる。将軍も、その洗礼を受ければ、どれだけ脅威かわかりますよ」

真顔で言うセドワ中佐に向かって、火将軍は、

「まあ気を付けるよ」と笑って答えた。

武装ヘリの時代はもう終わった。それを戦場で証明したのは、他ならぬロシア軍ではないか？

貴方たちの武装ヘリは、たいして役にも立たずに、ウクライナの戦場から退場させられた。火将軍の顔には、そう描いてあった。

第三章　ビッグ・ブラザー

西山親子は、ダラス・フォートワース空港を拠点とする格安航空会社のボーイング737型旅客機に乗り込んだ。搭乗前に全員、武器は捨てることになったが、誰も躊躇わなかった。

737型機は単通路の小型機だったが、機内には文明があった。ミール・サービスこそ無かったが、清潔な椅子があり、頭上ではライトが点り、何より、清潔なトイレは水が流れる！

フライト・アテンダントは乗っていなかったが、武装したテキサス州兵が乗っていた。バトンルージュ空港を離陸して機体がぐんぐん高度を上げ、シートベルト着用サインが消えた瞬間、乗客らが拍手して歓声が沸き起こった。皆、隣同士の乗客らとハイタッチし合った。ここまで辿り着けなかった避難民がいるのだ。電気も水も食料も無い場所で、猛暑と空腹に耐え、そして銃声に怯えている何百万何千万人ものアメリカ人がいる。

それを思えば、彼らは、危険を冒して脱出したかいがあった。テキサスを目指すという危険な行為は報われたのだった。

皆、座席のUSBケーブルを繋いでスマホの充電を始めた。西山は、メモ帳を出して、早速、献立の作成に取りかかった。レストランからのメールでは、更に避難民が増えたそうで、市当局は、上下水道の維持に頭を悩ませているとのことだった。避難民に提供する食事一週間分だけの稼ぎで、当面の運転資金は確保出来るだろう。

もとから客単価の高い商売なので、年間分の稼ぎを出すにはほど遠かったが、全米で経済活動が麻痺している中で、州当局から稼ぎが得られるのは大きかった。

電気の心配はない。たとえ外からの送電が止まっても、スウィートウォーター周辺には、巨大な風車が立ち並んでいる。スウィートウォーターは、全く無名な田舎町だが、再エネ界隈では、全米で最も風力発電が盛んな土地として知られていた。

それ以外、何もない町ではあったが。

一時間後、旅客機はスウィートウォーター上空を通過したが、その頃には、西山親子を含めて乗客の全員が眠りに落ちていた。バトンルージュからＬＡＸまで五時間のフライトだ。そこからまたスウィートウォーターまで引き返すとなると、三時間は掛かる。到着は恐らく日没後だろう。そもそも、そんな時間帯まで支援機が飛んでいればの話だが。

彼らが向かっている先のロスアンゼルス、ＬＡＸ国際空港には、エネルギー省の見慣れない専用機が着陸していた。エネルギー省高官、今や六人しかいない、Ｑクリアランスを持つエネルギー省高官のＭ・Ａことミライ・アヤセが乗っていた。

機体が給油中、海兵隊員がタラップの下に降りて警戒していた。トイレのタンクを空にして洗浄し、更に日本側から提供されたミール・サービスの食料を搭載した。

ボーイング767型機を改造した終末の日の指揮機《ドゥームズデイ・プレーン》こと〝イカロス〟には、それなりの数のエネルギー省職員と、四軍の兵士らが乗っていた。

地上に降りることは滅多に無い。給油の時だけだ。それ以外はずっと上空を飛んでいる。僚機が中国軍機から撃墜されたためだったが、中国軍機がなぜエネルギー省の専用機を狙ったのかは今でも謎だった。

車椅子に乗るM・Aは、機体前方に設けられた静音ルームにいた。旅客機は、地上に駐機中も、エアコンの音がそれなりにうるさい。ここでは、静かだった。

ここ二四時間、彼女は悪いニュースと悪戦苦闘していた。アリューシャン列島からは、ロシア軍の空挺降下のニュースが届き、ワシントンDCからは、彼女同様、Qクリアランスを持つ他の二人の高官の死亡のニュースが飛び込んできた。DCから脱出時に落命したらしかった。残る三人のうち、一人は今も行方不明。一人は、居場所はわかっていて、そこは安全らしいが、身動きが取れず、通信装置もないということだった。つまり、今自由に行動出来るのは、M・Aを含めて二人しかいなかった。

〝魔術師《ソーサラー》〟のコードネームを持つ高官で、その二人が、全米の核施設全てのセキュリティコードを持っていた。

M・Aは、ヘッドホンを掛けて、ある演説を聴いていた。気高くも力強く、威厳に満ちた声だった。全国の米軍部隊に決起を呼びかける演説だった。

「何者？」

とM・Aはこの機体を指揮するテリー・バスケス空軍中佐に聞いた。

「トーマス・マッケンジー大佐。陸軍での通り名は、〝剣闘士《グラディエーター》〟トムです。ワナトの戦いで英雄的な行動で部隊と兵士を救ったことで知られています。ここ数年は行方不明だったらしいですが……。

バトラーのファイルに出て来ます。陸軍士官学校時代、バトラーは、彼のことをメンターとして慕っていたと」

「突然それが現れたの？」

「国家安全保障局《ＮＳＡ》に依頼して、収拾したネットのデータを洗った所、退役後、苦労したようです。まず、息子をアフガニスタンで失った後、奥様がオピオイド中毒で亡くなり、本人は世捨て人生活になったとか……」

「これ、本人の声なの？」

「わかりません」

「レベッカ、ＮＳＡの〝ミダス〟を呼び出してちょうだいな」

　Ｍ・Ａは、秘書のレベッカ・カーソン海軍少佐に命じた。彼女は海軍の戦闘機乗りだった。Ｍ・Ａの本来の勤務場所は、エネルギー省では無く、国防総省内の出張オフィスだった。暴動初日、そこからヘリに乗り、命からがら逃げ出した。最後は、アンドルース空軍基地で、カーソン少佐に背負われてこの機体へと走った。まるでサイゴン陥落を見るようだった。

「こんにちわ、Ｍ・Ａ。お元気ですか？――」

　とＮＳＡの生成ＡＩが人工的な音声で呼びかけて来る。

「ええ。私は元気よ。私の声を承認して下さい」

「……。承認しました、マム。ただし、貴方の今の声からは、かなりの疲労が感じられますね。睡眠と休息が必要です」

「その内にね。今、全米に向けて流れているアマ無線やラジオでの演説。トーマス・マッケンジー大佐の演説とされているものが、本物かどうか確認しなさい」

「了解しました。過去の大佐のスピーチ音声と照合します……。しばらく時間を下さい」

「自衛隊とカナダ合同軍によるシアトル奪還作戦は順調なのよね？」

M・Aはバスケス中佐に聞いた。

「はい。衛星で覗き、NSAが自衛隊の無線を聞く限りにおいては、順調だと思います」

「バスケス中佐、あなたNSAの情報にもアクセス権を持っているのかしら？」

「はい、顔が広いので」

「私、悲観しすぎかしら？」

「ロスアンゼルスは、治安を回復しつつあります。テキサスからも、隣接州に支援物資の輸送が始まっており、少なくとも太平洋沿岸部からの治安回復は順調です。大西洋側は、DCもニューヨークも潰滅状態で、支援機を飛ばそうにも、足がかりが得られない状況ですが、恐らくシカゴ周辺から治安は回復するでしょう」

「バトラーは追い詰められているのよね？」

「何しろ、大言壮語したわりには、シアトルからすら出られずに、全く進軍できない様子ですから。自衛隊カナダ合同軍によるシアトルの治安回復は順調に運んでいます。最大の抵抗となったヤードの制圧作戦も、暗い内にやり遂げ、あとは東西に散開してダウンタウンを北上するだけですから。恐らくそれにつれて、バトラーはまた逃げ出すでしょう」

「お待たせしました、マム――」

と〝ミダス〟が呼びかけてきた。

「今、流れているマッケンジー大佐の演説なるものは、過去に流された大佐のスピーチを元に、AIが生成した偽物です。再構成ではなく、完全に生成された音声です。今の技術であれば、生成AIは、大統領の演説も偽装できます」

「それ、法廷でも証明できるほど固いのよね？」

「はい。法廷に証拠を出せます」

「了解。ご苦労さん……」

〝ミダス〟との回線が切られると、M・Aは、車椅子の背もたれに背中を預けながら、「これ、影響あると思う？」と聞いた。

「陸軍では伝説の英雄ですからね。ないと言えば嘘になる。歩兵大隊丸ごと、戦車中隊がハンガーを飛び出すようなことはないと思いますが、銃くらい武器庫から持ち出して、部隊から離脱する兵士は出るでしょう。年代を考えると、下士官兵や、士官にこそ多いと思います」

「全米の基地に警告を送るようNSAに連絡して。この声明は、AIによる合成音声だとNSAが確認した。真に受けるなと」

「了解です。昨今、政府だのCIAだのと、軍ですらなかなか信用されていませんが……」

「海軍から、気になる情報が入っています」とカーソン少佐がメモに視線を落とした。

「シアトル沖で海上自衛隊の艦隊を見張っていた中国海軍艦隊が、移動し始めた。恐らくアラスカ沖へと向かっていると」

「それ、陸戦隊をアンカレッジやエルメンドルフにでも上陸させるつもりかしら？　ロシアにしてもそうだけど、あんな広い土地を、戦車もなしにどうやって占領するのよ。海上自衛隊の護衛艦は、補給や修理はどうなの？」

「シアトルのドックで、応急修理は出来ているみたいです。溶接の類いが必要なものは、日本からわざわざ技術者を呼んだそうですから。彼らにとっては、それなりに良い休暇になったことでしょう」

「他人の戦争で、日本はフリゲイトを一隻とその乗組員を失ったのよ。とてもそんなことは言えないわ。でも、動けるようなら、日本艦隊が追い掛けてプレッシャーを掛けてくれるでしょう。で、アダック島支援はどうなっているの？　どうしてアメリカ空軍は動かないのよ？　クインシーでは、ステルス爆撃機が、暴徒の上に雨あられと誘導爆弾を落としたわよね？」

　とM・Aは声を張り上げた。

「クインシーには、NSAのデータを含め、全米の莫大な財産がありました」

「たかがデータじゃない。それもGAFAMの。アダックを一度失ったら、奪い返すコストは莫大なものになるわよ。そもそも、そこから西にあるシェミア基地だって、早々と手放す羽目になることでしょう。その損失のダメージを国防総省もホワイトハウスも理解していないのではなくて？」

「はい。しかし、そもそも手遅れです。今、エルメンドルフを離陸しても間に合わないでしょう。日本政府は自らの決断で、上陸部隊を爆撃できます。彼らの決断を待つしかありません。彼らが決断しないのであれば、自衛隊を見捨てたのはわれわれではなく、日本政府自身です」

「土門将軍にお詫びのしようもないわ。アダックを失ったら、今の太平洋航路も修正を強いられる。偏西風に乗って飛ぶ民航機は、航路変更を余儀なくされ、大幅な遅延を強いられることになる。そもそも海軍が、チョーク・ポイントとしてのあの島の重要性をきちんと認識していれば、こんなことにはならなかった。ペトリと海兵隊くらい配置しておくべきだったのに」

「たぶん、この混乱が終わったら、誰かが責任を取らされることでしょう」とカーソン少佐が冷静に答えた。

「私が乗り込んで首にしてやるわ！」

　補給と簡単な整備を終えると、〝イカロス〟はすぐ離陸して行った。洋上へ出ると、ただちに反転し、ぐんぐんと上昇しながら、内陸部へと針路を取った。

全米の電力は、潰滅状態からちっとも復旧していなかった。治安回復、ロジ回復の鍵はひとえに電力の復旧に掛かっていたが、ロシアの傭兵も加担した送電網の破壊は甚大で、それを復旧する作業員の確保もままならなかった。

ライフラインが生きているのはテキサス州と、コロラド州など中西部の奥まったエリアだけで、東部南部、そしてカリフォルニアなど、大都市圏は軒並み、電力がダウンしていた。そのことが、全米規模の暴動に拍車を掛けていた。アメリカは、ディストピア社会と化しており、そこにいないのは、本物のゾンビくらいだった。

FBIのベテラン・プロファイラー、ニック・ジャレット捜査官と、新米プロファイラーのルーシー・チャン捜査官、スウィートウォーター警察署刑事ヘンリー・アライ巡査部長、そしてロス市警ヴァレー管区外勤巡査長のカミーラ・オリバレス巡査長は、朝一での警護活動を終え、ロスアンゼルス市役所へと戻っていた。

警護対象のダニエル・パク下院議員がスタッフと午後の予定を話し合っている間、彼らも解放されて、食事にありついていた。

幸い、午前中はそう危険な出来事は無かった。一度も銃を構えずに済んだ。エントランス・ホールで、ボランティア向けの簡単な食事が用意されていた。

オレンジ・ジュースのパッケージには、ハングル文字がプリントされている。ビスケットの箱には、昔ながらの中文が書かれているので、これは台湾からの支援物資だろう。

暖かい食べ物は何もなかった。調理されたものは何もなかったが、贅沢は言えなかった。

苦楽をともにした仲間四人で食事していると、FBIロスアンゼルス支局、サルベージ班のロン・ノックス捜査官が現れた。

「俺も何か食わせてくれ」と勝手に椅子を持って来て座った。

「例の件、何か進展でも？」

とジャレットが聞いた。

「ああ。ジェロニモの件か。あれヤバイぞ。ジェロニモを名乗っている男は、このLA騒乱で今、それなりの役割を果たしているらしい。正体はわからないが、とにかく、LAのボランティア団体を潰そうと躍起になっている。ところで、ここにいる四人は皆、同じ秘密を共有しているんだよな？　わたしゃプロファイラーじゃないが、その程度のことはわかる」

ジャレットは、否定も肯定もしないという態度だった。


ノックス捜査官は、肩に掛けていたザックから、ファイルホルダーを出すと、挟んでいたペーパーの束をジャレットに手渡した。

ジャレットが、老眼鏡を出して、その文字に目を通す。異様に小さな文字でびっしりと埋められていた。

「これは、誰かのPCの中身のようだが？」

「そうだ。ある、オルタナ右翼の活動家のラップトップの中身だ。覗くのは私も初めてだが。彼は、〝ハリントン〟を名乗っていた。民主社会主義者のマイケル・ハリントンだ。まさかオルタナ右翼が、アメリカの社会主義者を名乗るなんて誰も思わないだろうということで。でも、彼らの主張は似ているかもな。半年前、アパートの火事で焼け死んだ。タバコの不始末ということになっている。私は誰かによる暗殺だろうと思ったが、何しろラップトップも一緒に燃え落ちたのでね、彼がその時、何を追っていたのかはわからず仕舞いだった。

今朝、支局に顔を出したら、それが机の上に置いてあった。監視カメラは動いてなかったので、誰が置いたかはわからない。ただ、軍の至急便ルートだろうという話はある。似たようなファイル・フォルダーで届くらしいから」

ジャレットの顔は、そのペーパーを捲る度に曇った。まるで、血の気が退いていくようにも見えた。

チャンが隣から覗き込んだが、あまりにも文字が小さくて、何も読み取れなかった。

「これは……」

ノックス捜査官は、辺りを窺いながら、小声で「君らが追い掛けているのは、次期大統領候補だよな……」と囁くように言った。

「そうだ。これは、彼に関する調査記録のようだが。どういう話なんだ？」

「みんな、民主党の代表としてダニエル・パクこそ相応しい！と推薦するが、彼は韓国生まれの孤児だ。孤児として太平洋を渡ってきた。当然ながら、移民の彼は、大統領選に立候補できない。だが彼は、下院議員選挙に立候補した時に、ソウルの米大使館が発行した出生証明書のコピーを公表した。母親は、韓国に帰国したばかりのアメリカ国籍だった。彼の遺伝子上の父親は韓国系アメリカ人だったが、産まれる前に離婚し、母親はソウルに帰国して出産した。出産直後、語学学校で英会話助手を始めたが、たぶん、暮らしが合わなかったんだろうな。鬱で自殺する。彼がまだ産まれた直後だから、産後鬱もあったかも知れない。それで、彼は、孤児となり、養子として太平洋を渡った。

で、問題は、このミスター〝ハリントン〟だ。彼は勘のいい男でな、私は時々、飯を食わせながら、彼の陰謀話を笑いながら聞いていた。彼は、いずれダニエル・パクが、大統領選の台風の眼になるだろうことをいち早く見抜いていたらしい。

それで、韓国のジャーナリストと連絡を取り合い、いろいろ調べていた。たぶん、オバマの時のように、パクには立候補資格がないことを証明したかったんだろうな。それは、パク議員が出生証明書を出したことで、いったん鎮火するのだが、彼はその後もしつこく調べ続けた。アメリカにいるはずの母親の親族、父親のその後。母親の親族はいなかった。実はその母親の親は、脱北者だった。韓国側にはどうも血縁者はいなかったようだ。そして父親は、離婚する前に、愛人が出来て、身ごもった直後の彼女を捨てた。たぶん、パク議員は知らないだろう。彼もインタビューで、遺伝上の父のことは知らないと言っていた。彼が孤児になった時に、当局は在米の父親を探さなかったのか？　と疑問を持つだろうが、韓国の養子縁組制度はスピーディだ。そこまで突っ込まない。誰かがコストを割いて調べる必要があるからな。

そして、その父親は、最後には、ニューオリンズに落ち着いたようだ。だが、二〇〇五年の、ハリケーン・カトリーナで死亡宣告が出ている。遺体は見つかっていない。だが家族はいるらしい。再婚相手も韓国系だったらしいのだが、奥さんは、一〇年前、癌で亡くなった。一人娘は、ここLAのどこかに暮らしている」

「彼は探し当てているぞ！……。その腹違いの妹を」

ジャレットは、その頁を捲った。

「らしいな。住所は持たないようだから、ジャンキーだろう」

「探し当てたのは、その火事で死ぬ一ヶ月前か……」

「ニック、それより気にならないですか？　このペーパーのフォント、どうしてこんなに小さく、しかもびっしりとプリントされているのですか？　逆に空白だらけの頁もあって、読みづらいったらありゃしない。まるでパソコンを知らない初心者にプリントさせたみたいだ」

と覗き込んだアライ刑事が言った。

「良い質問だ。なぜだと思う？」

「こういうご時世で、プリント用紙も手に入りづらい。節約するためではないですか？」

「いや、それより、このデータに注目すべきだ。これは明らかにハッキングだと思うが？」

とジャレットはノックス捜査官に聞いた。

「同感だ。国内事件となると、それが出来るのは、FBIくらいだろう。だが、サルベージ班の私に黙ってそれをやる理由がない。というか、そういうハッキングが必要になれば、まず私の所に相談がくるだろう。だからこれはFBIの仕事ではない。となると、その技術と意志を持っている組織は二つしかない。CIAとNSAのみだ。誰かが、〝ハリントン〟のことを危険人物だと見做して、そのラップトップをハッキングしてずっと覗いていた。そしてそのデータを私に渡した。私に渡せば、ジャレット捜査官に渡ると判断した人間が、これを送って遣したことになる。誰だ？　君ら、NSAでも巻き込んだのか？」

「心当たりは、ある。この混乱の最中、NSAにある情報を求めた。それは翌朝無事に届いたよ。誰かが、私たちの捜査に気付いて、監視している可能性は大いにある。だが、これは人間の仕業ではない」

とジャレットは、そのペーパーをパラパラ捲って見せた。

「いくら紙不足だからと、こんな小さな文字でプリントするようなことはしない。しかも、結構余白だらけの頁まである。こういうことをするのは、AIだよ。この人工知能は、この情報をわれわれに渡せば、有益に使われると判断したが、読む人間の都合までは考えなかった。だから、こんなでたらめなプリントになった」

「まさか！　AIが、われわれの捜査を監視していて、勝手な判断で、捜査資料を送りつけてきたというのですか？」

　とアライが否定した。

「それが一番合理的だ。コンピュータの情報処理能力なら、アメリカ国民全員を二四時間監視できるだろう。そのデータは無限に蓄積できる。過去に遡り、FBIの捜査に役立ちそうな情報を選別することも可能だ」

「そんなビッグ・ブラザー時代が来たら、警官の仕事なんて、スピード違反の摘発くらいだ。それだって、もうコンピューターが勝手に罰金通知の手紙を出す時代ですけどね。証拠写真のコピーを添えて。どこかのキャンパスで銃乱射しそうな傾向の若者だって、たちまちリストアップしてくれるでしょう」

「すでに似ていることはやっているけどね。公表していないだけで」

「その腹違いの妹を探し出せば、彼の遺伝子情報が手に入るわけね？」

　とオリバレスが言った。

「そういうことだ。これまで入手したDNA採取物と照合できる。あと、この騒動が終わってからで良いが、その火事は、再捜査の必要があるな」

「ああ。消防署に資料はあるだろうが、しばらくは動かない方が良いだろう。察知されるかも知れない。そもそも、その腹違いの妹さんが生きているかどうかも怪しいが。もし逮捕歴があれば、D

NA情報は、データベースに載っている可能性はある」

とノックスが応じた。

「それも、しばらくは動かない方が良い。動く時は一気に動くことにしよう。まずは、その妹の捜索だ」

ジャレットは、眼鏡を外して言った。

「ところで、こちらの頼み事は聞いてくれた？」

「シアトル解放作戦は順調みたいだ。彼女のことは、バトラー逮捕時に確保するよ。とにかく、有り難う」

「いや、礼を言うなら、そのコンピューターに言ってくれ。こんな最中に、巨大サーバーを動かせるのは、NSAだけだろうからな」

これで大きな前進が得られた。もしその妹を探し出し、DNAで犯人と肉親関係にあることを証明できれば、裁判所は、パク議員へのDNA採取命令を拒否できないだろう。

シアトルの治安回復に当たっている陸上自衛隊、カナダ国防軍は、前夜の山場となった巨大なヤードの掃討を終え、すでに三キロ近くダウンタウンを北上していた。

目前には、巨大なドーム競技場が南北に隣り合って二箇所建っていた。南側のT・モバイル・パークはシアトル・マリナーズの本拠地、北側のルーメン・フィールドはNFLシアトル・シーホークスの本拠地だ。この二つは、IT革命で繁栄するシアトルの象徴だった。

今は、二箇所とも、避難民がひしめき合っている。そのグラウンドには、色とりどりのテントが張ってある。

幸い、このドーム競技場は、掃討の必要は無かった。自警団が組織され、安全が確保されていた。

シアトル・タコマ国際空港の水機団指揮所を軽装甲機動車で出た北米派遣統合部隊司令官の土門康平陸将補は、高級住宅街が連なるビーコン・ヒルを右手に見ながら、サイレント・コアのコンテナ型指揮通信車両〝ベス〟に追い付いた。そこは、高架道路が四本も平行に並んでダウンタウン中心部へと走っていた。

〝ベス〟は、三〇〇メートル走っては止まることを繰り返していた。東西二キロに広がって北上する部隊の後方からゆっくりと走っていた。

後部ハッチから車内に駆け上がると、指揮コンソール席の右側に、娘の外務省二等書記官の土門恵理子が、左側に原田小隊のIT担当、ガルこと待田晴郎《はるお》一曹が座っている。

「あっちのドローンは今、誰が操縦しているんだ？」

「スキャン・イーグルのことでしたら、二機とも市ヶ谷で操縦しています。こちらで割り込みは可能です」

と待田が答えた。

「あと、ほんの二キロで日本総領事館よ？」と恵理子が言い添えた。

「この辺りのビルは、高さも知れている。掃討には、そんなに時間は掛からないだろう。夕方には、総領事館まで辿り着きたい所だが。アダックの霧はどうだ？」

「まだ張ったままです。AIに予報を出させようとしましたが、あまりにデータ不足で無理でした」

「よし、〝ベス〟は、これから本来の任務に戻すぞ。アダック島防衛に専念する。水機団もカナダ軍も順調だし、しばらくは私がここを仕切る必要はなくなったからな。お前は〝メグ〟に移動して、ナンバーワンを補佐しろ」

「私、アダックの地理に今、結構詳しいのよ。ここで待田さんをサポートした方が役に立てると思うわ」

「そうなのか？」

「はい。市ヶ谷でもこの映像を見ている連中はいますが、基本的に、指示はここから出すことになっています。あと、隊長室の蚕棚ベッドでパラク捜査官が耳栓して仮眠してますが、構わないですね」

「ああ、夕方まで寝かせといてやれ。で空自戦闘機はどうだ？」

「シェミアからF‐2戦闘機四機が離陸しました。二機が五〇〇ポンド爆弾のJDAMを装備。もう二機はその護衛です」

「たったの四発か……。で、落としてくれるんだな？」

「現地はGPSジャマーが起動している模様ですが、JDAMは中国やロシアの測位衛星も勝手に使って照合するので、座標さえ入れれば、落とせます」

「私が聞いたのは、そういうことじゃないぞ！」

「ヤキマからまだ返事は来ません」

「お前、装備官の居村さん？　知ってる？」

「はい。あの人、うちの装備に関心があるみたいで、こちらも可能な限り、お答えしています。面白い人ですよ。でも、陸幕長に出世するタイプの人じゃないですね」

「そのスリンガーがディープ・ラーニングで性能アップしたというのは真に受けて良いのか？」

「居村さんがそう仰るなら、そうだと思いますよ。そもそも、ドローンみたいに複雑な動きをするわけじゃない。ただ放物線を描いて落ちてくるだけなのが砲弾ですからね」

「敵は飽和攻撃を仕掛けてくるんだぞ。それを全部叩き落とせるなんて俺は信じないね」

「薄氷を踏むような防衛作戦であることは事実ですが、上手く行きますよ。数に驕《おご》る敵は、必ず痛い目に遭う」

「では、今、アダック島に向かっている水機団の旅客機は、無茶な降ろし方をする必要は無いな？　シェミアまで飛ばしていったん滑走路に降ろせば良い」

「それはやってもらうしかないですね。どの道、兵力は要る」

「俺さぁ、水機団長から親の仇みたいに恨まれることになるぞ。あいつはどうせ陸幕長とかに出世するのに」

「その時は、さっさと引退して、孫の顔でも見て穏やかな老後を過ごして下さい」

「それ、最低でもあと十年はかかりそうよ」

と恵理子が言った。

スキャン・イーグルのモニターは真っ白だった。北側を飛ぶスキャン・イーグル03は、辛うじて湾やモフェット山の山腹を捉えていたが、飛行場の西側を飛ぶスキャン・イーグル04は、真っ白な映像しか送ってこなかった。その霧は、どうやらモフェット山から吹き下ろしてくる霧のようだった。

「中国も何を考えているんだか。雷神突撃隊なんて、広報用の宣伝部隊だろう？」

「他にも秘密な特殊部隊はあるだろうことを考えると、広報用写真とか出すのは、広報部隊だという割切りがあるのかも知れませんね」

「空挺の迫撃砲中隊を乗せたC‐2は今どこにいる？」

待田がモニターを一つ切り替えた。

「強い偏西風に乗っています。もう九〇分前後で到着できます」

「制空権の維持は？」

「エルメンドルフから進出するＰ‐１哨戒機二機が、それぞれレーダーで見張っています。付近には、味方のステルス戦闘機も待機しています。空中給油機も上がり、空対空特化のＦ‐２部隊もエルメンドルフからひっきりなしに上がってきます。現状、ペトロパブロフスクから戦闘機が発進する気配はありません」

「アダックを奪われるのは痛いと思うか？」

「どうでしょう。アダックを奪われたら、そこより西にあるシェミアの維持は無理ですよね。敵陣に孤立するから最終的には、放棄するしかない。しかもアダック島は、いったん奪ってしまえば、好きな場所に滑走路を設営できる。何本でも。ロシア軍がペトロパブロフスクからアラスカを攻略するには、持っていて損は無いし、中国軍も利用できる。アダック経由で、西海岸に展開した艦隊に空路補給ができます」

「それがわかっているのに、米軍は知らん顔なのか？　海軍の兵隊が百名も駐屯しているのに、自衛隊に任せっきりとは……」

「きっと、大人になれってことですよ。ロシアの頭上に雨あられと爆弾を落として、ロシアとの縁を切れ、北方領土もきっぱり諦めて独り立ちしろと、そういうことだと思いますけどね」

スキャン・イーグル04号機が、南の方に人影を探知した。兵隊が移動している。飛行場からかなり西側に、大きく迂回している様子だった。

「あれは解放軍だな。敵もようやく正しい攻略方に気付いたか。しかしロシア軍も無責任なものだ。こんな大がかりな作戦なのに、航空優勢を奪おうともしない。陸兵だけで押し切ろうなんて、まるでウクライナ侵略みたいな無謀な行為だぞ」

「そうなんですよ！　だからそこに勝機がある。たった一機とは言え、武装ヘリが自由に飛び回れるというだけで大きいですよ」

　スキャン・イーグルが、二機ほとんど同時に、上空高く上がってくるドローンを発見した。飛行場のかなり西側だ。恐らく着弾修正用のドローンだろう。あれだけ離れていれば安全だ。

　だが、そうでは無かった。まず飛行場に張り巡らされた原田小隊の音響センサーが、極端なピークを付けて反応した。それが〝ベス〟のモニターに表示された。スリンガーの三〇ミリ砲が撃たれたのだ。しばらくして、その上がったばかりのドローンの周辺で火花が散り、ドローンが姿勢を崩して墜落して行った。

「凄いな……。スリンガーの有効射程距離は、カタログ上は一〇〇〇メートルないんだろう？　三〇〇〇メートル以上飛んでターゲットを叩き墜している ぞ」

「たった二〇ミリ口径のＣＩＷＳ、バルカン・ファランクスの有効射程距離が一五〇〇メートル。でも五〇〇〇メートルの最大射程はあると言われてますから、これくらいは飛ぶでしょう」

　ナイト・ストーカーズのブラックホーク・ヘリが視界に入ってきた。奇妙な戦争だった。敵は総力戦で仕掛けてくるのに、こちらは手足を縛られて戦っているのだから。

　ナイト・ストーカーズのブラックホーク・ヘリは、標高一二〇〇フィートの稜線下で地面効果を利用してホバリングしていた。

　センサーでは、前方上空を飛ぶ自衛隊のスキャン・イーグルが映っている。レーダーでも光学センサーでも見えていた。その光学センサーは、島の南側へと避難してくる島民の自家用車の車列も捉えていた。

　敵のドローンが霧の中から一気に高度を上げて

くるのがわかったが、スリンガー・システムで一瞬で叩き墜された。

「凄いな。海岸線からあんなに入っている、しかもあの高度のターゲットを撃ち抜けるのか？　しかもほんの数発で……」

と副操縦士のメイソン・バーデン中佐が驚いた。

今は、本来の乗組員である、ネイビー・シールズ・チーム７（西海岸担当）のイーライ・ハント海軍中尉とマシュー・ライス上等兵曹も乗っていた。

「こんなのを解放軍が装備して戦場に持ち込んだら、いよいよ武装ヘリの時代は終わりですね。ミサイルは防げても、銃弾は防げないから」

機長のベラ・ウエスト中尉がインカムで応じた。

「イーライ！　提案はあるか？」

とバーデン中佐は、キャビンで待機するハント中尉に聞いた。

「まず、敵に対してはなるべく太陽を背にして戦いましょう。視界を妨げるし、赤外線誘導ミサイルを撃たれても、運が良ければ太陽を誤認してくれる。太陽はフレアの味方をしてくれます。次に、滑走路南端、北東端、どっちの敵を先に掃討するかですが……」

「北東側の戦いは厳しいぞ。海岸線の住宅に隠れてアップダウンしながら撃てるが、射線の真下には自衛隊が陣取っている。万一誤射が生じたら、悲惨なことになる」

「ええ。なので、その戦法は少し取り辛いですね。南西から回り込んでくる解放軍の真ん中を狙って銃撃します。先鋒部隊は孤立し、後方部隊は、負傷兵の手当に追われる。しばらく前進を邪魔できます。左右ミニガンの弾を撃ち尽くしたら、いったん後退。再攻撃を仕掛けるか、あるいは霧の状況を見て、町へと回り、洋上から住宅を盾にして接近。そうすれば、僅かですが、本機の射線を自衛隊からずらして、殺到するロシア軍を銃撃できます。本機のミニガン、われわれが撃ちまくる軽機関銃で、それなりの犠牲を強いることはできるでしょう」

「あのスキャン・イーグルの映像。こっちでも受信出来るよう依頼しておくべきだったな」

「モフェット山の山腹が少し見えてきましたね。霧が晴れる兆候だわ」

ウエスト中尉は、稜線向こうの景色に注意を促した。

「すっきり晴れるのか？」

「お昼に掛けて気温は上がるはずだから、早朝のような濃い霧はしばらくはないでしょう。迫撃砲攻撃が始まります。あちらは無視して良いんですね？」

「自衛隊がJDAMを叩き込むことを期待するしかない。彼らもそろそろ大人になって良い頃だろう」

「それ、自衛隊に言わないで下さいね。彼らにとっては、これは他人の戦争なんですから。隣人と付き合うのは大変なんですよ。アメリカみたいに、ドルの札束でひっ叩いて、挙げ句に武器で脅すなんてことは普通はできないのですから」

「さあ、行こう！」

「CIRCM、レーザー電源入れます」

「これ、使われたこと無いんだよな？」

「そうですね。ウクライナに武装ヘリは供給されていないので。メーカーさんの広報ビデオは見ましたけど。回避行動中のヘリからもちゃんと撃てるかどうかは……」

ウエスト中尉は、パワーを入れて上昇を開始した。いったん西へ抜けて、音を消してから、まっすぐ高速で敵集団の上空に入り、撃ちまくって離脱する作戦だった。

高度を上げると、光学センサーが新たなターゲットを発見してモニター上にハイライトした。

ウエスト中尉は、身を乗り出して下を見た。

「ほら！　あれです——」

二頭の小型生物が丘の上を歩いている。狼だ！　その上をアダックーよりかなり小さい。カリブ島ハクトウワシが旋回している。彼らのヘリより高度を取っていた。

火龍《フオロン》少将は、丘の上を走っていた。視界がどんどん開けてくる。今は周囲一〇〇メートルほどが見える。時々、空も開けて青空が見えた。

澄み切った青空だった。

旅団長副官の唐陽《タンヤン》大尉が右手に無線機の受話器を持って付いてくる。彼は通信兵も兼ねているので、装備は重かった。ただし、そこに指揮官がいることをドローンに見破られないために、一般の兵士とそう違わない格好だった。

火将軍自らも、アサルトとして192型五・八ミリ自動歩槍・カービン・タイプを一挺担いでいた。

「大尉！　迫撃砲中隊に命令だ！　霧が晴れて上空から丸見えになる。武装ヘリの襲撃を受ける可能性がある。ひとまず一斉射し終えたら、ただちに兵士は散開せよ！　陣地転換の必要は無い！　砲も弾もそこに置いたまま、四方に散れ！　走れと！」

「はい！　将軍——」

唐大尉が、それを一語一語かみ砕くように無線で伝える様子を背中に聞きながら、火は走った。

まだ飛行場は見えてこない。もし霧が全て晴れれば、この左手奥に、少し見下ろす感じで閉鎖滑走路が見えてくるはずだった。

ウクライナで、あれほど厳しい塹壕戦をやってのけたロシア軍が、この堀の構造に関して、どうしてこれが罠だと気付かなかったのか不思議だった。衛星写真を見れば一目瞭然なのに……。

「迫撃砲中隊、ドローンが撃ち落とされたため、精確な着弾修正が出来ないが、攻撃してよろしいか？　と聞いています」

「構わん！　撃て。次またいつ霧が出てくるかもしれん。砲撃の機会はそうないぞ！　精確さに拘るな。撃てと伝えよ！」

迫撃砲攻撃で敵が黙れば、ロシア軍もここまで苦労はしていないだろう。どの道、こういう戦いは歩兵同士の殴り合いで決着を付けるしかない。撃ち合い殺し合い、敵が跪き、両手で拝んで命乞いするまで戦うしかないのだ。そこに戦場の美学や人道などありはしない。

ひたすら残虐な殺し合いが演じられるのみだ。

前方に、一〇〇名ほどの兵士が走っていた。ギリースーツを着て匍匐前進で移動する斥候は、すでに視界内に敵の陣地を捉えていることだろう。

どうにか、敵の増援が来る前に仕掛けられそうだ。それが最優先事項だった。

原田は、着弾修正用の迫撃砲弾が一発上がったことを確認した。まず、スリンガー・システムのＭＥＳＡレーダーがそれを探知した。続いて、くぐもった発砲音が響いてくる。発射地点からここまで発砲音が届くまで、九秒は掛かるはずだ。そしてその前に、三〇ミリ・ブッシュマスター砲が火を噴いていた。

敵の初弾は、着弾修正が目的なので、火力はない。恐らく白燐弾だ。目印になる火炎と煙を上げる。白燐弾は、人間を直撃すると悲惨なことになるが、三〇ミリ・エア・バースト弾は、それが落下軌道に入った所で撃墜した。

「まずはワンダウンね……」

司馬が、スキャン・イーグルの映像を見て言った。空中で爆発した白燐が、白く燃えながら地面に落ちていく。滑走路周辺に落下していく。

解放軍は、結局は着弾修正を諦め、続けて一斉砲撃してきた。82ミリ迫撃砲だ。恐らく、チタンや複合材を利用して、大幅軽量化した砲だろう。それまでの砲は、三〇キロ超えで、歩兵が担いで移動できる代物ではなかった。

スリンガー・システムが探知した砲弾の軌跡がモニターに表示される。二機のスリンガー・システムが、互いにデータをやりとりし、ターゲットの割り振りと優先順位を瞬時に計算して迎撃を開始した。

「ガル！——」

と原田は、シアトルの待田に呼びかけた。

「わかっています。発射地点の座標をアップロードしています！　空自にその気があれば、直ちにJDAM投下されます！」

味方戦闘機がどこを飛んでいるのか、原田からは見えなかった。だが少なくともエンジン音は全く聞こえてこない。

スリンガー・システム二両の連続発砲音に、内陸部からの迫撃砲発砲音が被さる。だが、これはワンサイド・ゲームになった。

迫撃砲弾は、合計六基の砲から六発ずつ、連続で打ち上げられた。その間、着弾修正はいっさいなかった。それぞれ、この指揮所、田口らが陣取る北東端陣地、甘利小隊と元デルタが守る南西側陣地の三箇所へと向けて発射されたが、合計三六発の砲弾は、一発とて地上に着弾することは無かった。全弾が、落下軌道に入って間もなく、エアバースト弾によって撃破された。

四発だけ撃ち漏らしが生じたが、それは、落下軌道が逸れて海上へと伸びていたために、迎撃の必要無し、とシステムが判断したものだった。パーフェクト・ゲームだった。

指揮所兵舎の屋根に、パラパラと破片が降ってくる音がした。

司馬は、ふーと大きく息を吐き、「寿命が縮むわよね……」とぼやいた。


F-2戦闘機二機は、アダック島西方海域三〇キロ沖合、高度二〇〇〇〇フィート上空から五〇〇キロ爆弾を誘導爆弾化したJDAM滑空爆弾をリリースした。三〇キロという距離は、赤外線センサーを持つ歩兵から、確実に隠蔽できる距離と高度だった。

JDAMは、動翼を展開し、徐々に高度を落としながらターゲットへと向かった。

それは高度を落としつつ、二分半滑空して、ターゲットにヒットした。四発とも、ほぼ等間隔で、解放軍が迫撃砲陣地を構えたエリアに着弾した。

ただしその着弾パターンは、砲の発射座標そのものを狙ったものではなく、砲が発射後の陣地転換で、移動を開始した距離も見込んでいた。歩兵そのものを広範囲に狙っていた。

解放軍の迫撃砲中隊は、その攻撃で全滅した。

市ヶ谷の装備庁陸自装備官の自室で、居村陸将は、眠気覚ましの缶コーヒーを右手に持っていた。日本はまだ夜明け前だったが、北米がこの状況で、陸海空の幹部は誰も、自宅や官舎に戻れない日々が続いていた。

居村もその一人だったが、衛星回線で〝ベス〟を呼び出した。モニターに映る待田の後ろに土門が見えていた。居村は、慌てて缶コーヒーをテーブルに置いて立ち上がった。

「これは、土門陸将補！　初めてお目に掛かります」

お辞儀したが、首から上はカメラから切れていた。

「いろいろとお礼を申し上げる。おかげで助かった！　顔が見えないから座って下さい」

「こちらもほっとしています」

「装備官殿、このゲーム・チェンジャー兵器、陸自の正面装備として早速、買ってもらえそうですね！」

と待田が期待を込めて言った。

「いやぁ、無理無理！　これ、評価している間に、人事異動で担当幹部は最低三人は交替する。四人目が着任する頃には、この程度なら国産で開発できるだろう？　と言うバカが現れて、ちゃぶ台返し。そして一から国産開発。それが完成する一〇年後には、システム自体がすでに陳腐化しているよ。世界はもっと先に行っている。島国の軍隊の装備開発は、半世紀ずっとこの調子だった。この後も絶対に変わらないだろうね」

そんなもんだろうな、と土門も頷いた。確かにこういう人は、陸幕長は無理だと理解した。

だが、アダック島の兵力差がひっくり返ったわけではなかった。緒戦を辛うじてクリアしただけだ。まだ何ラウンドもあった。

第四章　計算違い

火龍《フオロン》将軍は、背後に熱風を感じような気がした。爆風より先に、地面を震動が伝わってきたように も感じた。その前に、発射された迫撃砲弾が、次々と迎撃されている様子は丘の上からもわかった。

何か、アイアンドーム・ミサイルが、次々と迫撃砲弾を叩き墜していく、イスラエルの戦場の動画を見ているような感じだった。だが、撃ち上げられたのはミサイルではない。対空砲弾だ。エリア・ディフェンスに拘《こだわ》らず、さらに小さい〝面〟を守るためであれば、高価なミサイルは要らない。エアバースト弾は、発射時に砲身から打ち出される瞬間に、爆発の諸元データが入力される。高価で、不具合も多いと聞くが、ものにした西側メーカーがあったということだろう。

空中で炸裂する弾は、黒い花火のようだった。その爆発に巻き込まれた迫撃弾は、あるものはそこで炸裂し、あるものは、不発弾と化して落ちていった。

だが何発かは地上に命中しただろうと思った。そういう淡い期待を抱いた瞬間、後方に誘導爆弾が降ってきた。

爆発が何回起こったかわからなかった。爆風の前に、間違い無く熱波を感じた。連続した爆発だった。恐らく、近くにいた兵士は、伏せる暇も無く、次に起こった爆発で吹き飛ばされたはずだ。

付近の霧が一瞬で一掃される。そして、頭上から、爆風で飛ばされた土くれが降ってくる。迫撃砲が布陣した場所からは、三キロ近くは離れている。何かが視界を横切って、前方へと落ちた。兵がそれに気付いて避けようと飛び跳ねたが、その時の悲鳴が火将軍にもはっきりと聞こえた。鍛え抜かれた精鋭部隊の兵士が、恐怖で叫んでいた。

将軍が走って駆け寄ると、兵士の左腕が転がっていた。肩から引き千切られている。袖も何もない。生身の腕だ。手首には、まだ腕時計をしていた。スイス製の軍用腕時計だった。

腕自体はともかく、手首から先が正視に耐えなかった。五本の指全てが、まるでタコの手足というか、ふやけた麺類のように、砕けて曲がっている。骨が抜かれたようだった。

火将軍は、その腕を拾い上げると、目印になる露出した岩の上に置いた。血がほとんど垂れない。爆風で吹き飛ばされ、ここまで飛んでくる間に受けた圧力で、血管の中に残っていたはずの血液が絞り出されたのだ。

これを回収しに来る前に、恐らく鷲だの海鳥だのに食われるだろうが、今は仕方無かった。埋めている暇も無い。

「行け行け！　こんなことで怯んでいる暇は無いぞ！」

と檄を飛ばすが、火将軍自身がショックだった。自衛隊には空爆なんてする度胸はないだろうと夕カをくっていた。一度やっちまったとあっては、次の空爆も覚悟するしかなかった。

爆風が過ぎ去ると、また薄い霧が戻ってくる。だが、視界を遮るほどでは無かった。霧が出ているな、とわかる程度だ。

前方から、作戦参謀の蘇宏大《スゥホンタァ》中佐が引き返してきた。

「どうしましょう?」

「どの道たいした砲弾は持ってきてなかった。あれで終わりでも仕方無い。タブレット端末を見せてくれ」

中佐は、小脇に抱えた一〇インチのタブレットを見せた。

「この飛行場は、島なんだよな?」

「そうですね。もとから島だったのか、それとも堀を造って島構造にしたのかは不明ですが」

「こうなるとわかっていれば、飛行中にきちんと情報を貰って入念に研究しておくべきだったな。われわれは兵力に驕ってしまった」

「着陸のほんの数時間前ですよ。飛行場の占拠が完了していないと、ロシアが報せてきたのは……」

「あの時、話が違う! とごねて、せめてペトロパブロフスクに降りるべきだったな。この偵察衛星写真だと、南端は二本の橋でこちら側と繋がっているのか?」

「上流の堀を渡れば、どこでも渡河は可能ですね。橋が落とされても、全く攻められないというわけじゃない。この橋が落ちると、住民は南側にある石油施設に行けない。ここはたぶんガソリンスタンドも兼ねているから、橋が落ちたら住民は不便でしょう」

「だが、落とせば守り易くなる。次はわれわれがここを渡っている最中に、誘導爆弾が降ってくるぞ。固まらないようにして突破しよう」

「敵は、工場や工場跡に防御陣地を構築しています。そこから距離五〇〇メートルです。敵が守るには良い距離だが、こちらが攻めるには距離がありすぎる。一部を、もう少し北側で渡河させます」

「敵も同じことを考えるだろうな。そちらにも兵を置くだろう。それも罠だな」

「迫撃砲がいくらか削ったとは思いますが、自分が見ていたところでは、この南西側陣地に落ちた砲弾は一発もありませんでした。数で押すしかありません」

「狙撃兵を、丘の手前に配置して牽制しよう」

「一キロ越《ごし》の狙撃になります。命中率は期待できません。しかも、敵の狙撃兵は、われわれより優秀で、しかも良い銃を持っています。こちらはドローンもまともに上げられない」

「明るい話題はなしか?」

「残念ですが……」

背後で、何かが聞こえたような気がした。一瞬、蚊だろうかと思ったが、こんな北方の土地で蚊がいるとは思えない。たぶん蝿の類いだろうと思った。

だが、火将軍より先に、蘇中佐が振り返って空を仰ぎ見ていた。黒い、点のようなものが飛んでいた。まさにそれは蝿に見えた。蝿か、もしくは蜂だ。まっすぐ飛んでくる。あっという間に大きくなった。

しかも、なぜか機体は傾いていた。左側に傾き、まるで車のドリフト走行のように、胴体をこちらに見せて斜めに飛んでくる。飛んでくるというより、突っ込んできた。

火は、呆然と立ち尽くした。なぜだ! 武装ヘリが、すぐそこに来るまでローター音が聞こえないなんて、これは何かの奇術か、それともアメリカ軍の秘密兵器なのか? と思った。

左翼側のミニガンが火を噴くと同時に、キャビンから兵士が手持ちの軽機関銃で撃ち降ろしてくる。土煙が立ち、泥を抉って地面に真っ直ぐ線が引かれる。その線上に、兵士達がいた。

バタバタと兵士たちが斃れる。ただ一斉射で十数名が一斉に倒された。血飛沫が宙を舞うのが見えた。

「伏せろ！　伏せろ！　対空ミサイル前へ！——」

だが、その携帯式対空ミサイルを担いだ兵士自身が、その場に突っ伏して攻撃を凌いでいた。火将軍は、その兵士の傍らに滑り込むと、「しっかりしろ！」とザックを持ち上げて揺さぶった。

眼の前では、信じられない光景が展開していた。いったんそこを離れて飛行場方向へと飛び去った武装ヘリが、その場でくるりと反転し、また速度を上げながら向かってくる。

今度は、右翼側のミニガンが火を噴いた。丘を駆け下りて前へ前へと逃げていた兵士の頭上に、再び銃弾が襲いかかる。

FN-16携帯式対空ミサイル（飛弩《フェイヌー》16）の射手がようやく膝立ちで立ち上がり、発射機の把手を摑んだ。

火は、発射基を担ぎ上げ、兵士の肩に預けながら、前後のカバーを取ってやった。

「狙え！　大丈夫だ。間に合う——」

バッテリーを入れると、ウイーン！　というオーラルトーンが高まる。

背後から、蘇中佐が「将軍、離れて。爆風を浴びます！」と怒鳴った。

火は、「撃て！」と肩を叩いて、その場に伏せた。次の瞬間、ミサイルが発射されていく。発射された弾体は、少し黒い煙を引きながら、まっすぐヘリへと向かっていく。

飛び去っていくヘリへと向かってぐんぐん速度を上げていく。敵はもうチャフ・フレアを放り出すしかないだろうが、このミサイルは、解放軍で一番新しい対空ミサイルだ。躱すのは無理だろうと思った。

　ウエスト中尉は、ヘッドホンから流れてくるピーピー音に反応して、チャフ・フレア・ボタンを押すべきか一瞬迷った。

　だが、彼女がそれを決断する前に、指向性対《DIR》赤外《CM》線システムが反応した。胴体下に装備されたターレットが動き、レーザーが、向かってくるミサイルのイメージ・スキャナに対して浴びせられる。イメージ・センサーを焼き切って目潰しを喰らわせることになる。

　ハント中尉がキャビンから身を乗り出し、後ろを見遣って自機目掛けて突っ込んでくるミサイルを見張った。

　真っ直ぐ飛んできたミサイルは、だが途中でくるくる螺旋《らせん》を描いたかと思うと、最後は地面に突っ込んで爆発した。

「キル！　キル！——。一発躱したぞ」

「了解。南回りで洋上に出るわ」

　南へ大きく旋回する。すると、今の戦闘が下から見えたのか、避難してきた住民らが両手を振り回して声援を送るのが見えた。

　ウエスト中尉は、一回だけ機体を左右に傾けて、その声援に答えてやった。

「このレーザー、何処《どこ》製だっけ？」とバーデン中佐が聞いた。

「確かノースロップ・グラマンですね」

「連中、動画を送ってやったら、パーティでも開いて祝杯じゃないか？」

「ええ。われわれが最後まで生き残ったらね。せめてもう四、五発、阻止してみせたら、お礼を言いましょう。高価な装備なんですから」

　ウエスト中尉は、避難民が固まるエリアからさらに南へと大回りし、いったん洋上へと抜けた。

その間に、キャビンでは、ミニガンと軽機関銃のマガジンの交換が手早く行われた。今の攻撃で、少なくとも一〇分かそこいらは敵を足止めしただろうと思われた。

火将軍は、うめき声を上げる兵士の間でしばらく走り回った。呼びかけても応答しない兵士が何人もいた。心臓が脈打つ度に口から血反吐を吐き、自らの血液に溺れて死ぬ兵士がいた。全員、それなりの防弾ベストに身を固めていたはずだが、背中からの銃撃はほとんど不意打ちになった。背負っていた背嚢ごと撃ち抜かれた兵士が多かった。

そこいら中からうめき声が上がる。衛生兵の数は足りず、後ろから追い掛けてきた軍医も、どこから手を付けて良いか途方にくれた表情だった。

負傷兵の上に屈み込む火を、背後から蘇中佐が抱きかかえるように起こした。

「将軍、われわれがここにいても出来ることはありません！　前進あるのみです。ロシア人の前で、弱気な所は見せられません！」

「どのくらい殺られた？」

「即死が恐らく十数名。負傷がその倍。たぶん半分は、ここから動かすこともできないでしょう。その他、ショック症状が無数という感じですが……。さ！　敵に時間を与えてはなりません。前進あるのみです。ロシアが見ているんです！　みっともない真似は出来ません」

火は、一瞬よろけそうになりながらも立ち上がった。両手が誰かの鮮血にまみれていた。

「うちはロシア軍じゃないぞ……。兵士を犠牲にしたところで……」

中佐が抱きかかえるようにして歩き出した。

兵士がジクザグに走りながら丘を駆け下りていく。ギリースーツを着た狙撃兵は、それに紛れて

匍匐前進で進んでいた。

「どこまでなら接近していい？」

「左手の真北に、教会跡の崩れかけた尖塔が見える位置です。つまりこの辺りが限界です。海岸線は五〇メートル下に見下ろせる。敵陣地まで一二〇〇メートル。決して安全ではありません。最近の狙撃銃の性能を考えると、ここでも危険ですが、下が見えるのはこの辺りですから」

確かに、見下ろす位置に閉鎖滑走路と、その向こうに建物が微かに見えた。滑走路上に引かれた×印のペイントが見える。だが、まだ霧に燻っている。ざらついたフィルター越しに見ている感じだった。

一番乗りを競って走っている兵士らがいた。先頭の兵士が橋を渡っていた。車一台がようやく走れるような幅の橋が隣合っている。

蘇中佐は、そこに腹ばいになって双眼鏡を取り出した。

「走っている。橋を渡ってなお走っています！」

「無茶だぞ。援護射撃もなしに！　誰かを早く堀に入れて援護射撃位置に就かせろ！」

四名の兵士が、橋を渡って走っていた。あっという間に一〇〇メートルは走った。それに続いて、しばらく躊躇っていた兵士たちが続いた。五人、一〇人と、二本の橋を渡り、両翼に散開してなお前進していく。ついに、先頭の四人は、水産加工場跡の建物のすぐそばまで走った。

その工場跡の建物の陰に、土嚢を積み上げた防御陣地が造られていた。二重構造になっていて、対戦車ミサイルを阻止するための外側の土塀と、隊員が立て籠もる内側の土塀が造られていた。

横一線の単純な構造で、ただ前方からの攻撃を防ぐためだけの代物だった。昨夜暗い時間帯に、甘利の訓練小隊が一気に作り上げた。

敵はただ走ってくるだけで、撃ってくる気配はまだない。

「彼ら、素人じゃないんだろう?」

と元デルタの一個中隊を率いていたアイザック・ミルバーン中佐が言った。まるで世間話でもしているかのような落ち着き払った口調だった。

「広報用の部隊だという噂ですが、ロシア軍の手前、多少は無茶なこともやってのけるしかないんじゃないですか？　それより、あのブラックホーク・ヘリ、たいしたものだ」

甘利は、ミルバーン中佐の隣で、片膝を立て、タブレット端末を覗いていた。雪崩れ込む敵兵の背後で、解放軍の狙撃兵が配置に就こうとしていた。だが、スキャン・イーグルは、草むらを這うギリースーツ姿の狙撃兵を正確に捕捉していた。最低でも四組はいた。

「君の部隊の狙撃手は、DSR－1なんて古めかしいブルパップを使っているが、なんであんなものを使うんだ？　持ち運びには良いが、ブルパップでは距離は稼げないだろう」

「それは良い質問です、中佐。うちの部隊は、どちらかと言えばSWAT的な任務の方が多いのです。見晴らしの良い戦場で、ワンマイル狙撃で戦うための部隊じゃない。だから、射程距離の知れているグレネード・ランチャーやショットガンも持ちます。狙撃すると言っても、一〇〇〇ヤード越の狙撃なんて滅多にありません。奴は、ワンマイル射撃をあれでやってのけますけどね」

「ブルパップでワンマイル射撃？　私は信じないぞ」

「各国の特殊部隊は、長距離狙撃を自慢しすぎですよ。そりゃ、米軍は、アフガンで稜線から稜線の長距離狙撃を強いられたでしょうし、ウクライナでもそういう話は山ほど出て来ましたけど、その距離で狙うための長くて重たい銃を持つよりは、普段使いのDSR-1で良い。それが奴の考えです」

「もし敵が、チェイタックだのマクミランだのの対物狙撃ライフルを持ち出してきたらどうするんだ？」

「極東には、その距離で撃ち合う羽目になる戦場はほとんどありません。台湾本島を含めて。自衛隊が主戦場とする島嶼防衛では、まず出番はない。沖縄周辺には、こういうのっぺりとした島はあまりありません」

足音が響いてくる。まるで徒競走のような忙しい足音だった。

「世間話もいいですが……」

と土嚢の覗き穴からHk-416デルタ・カスタムを構えた〝モンキー〟が言った。

「良いぞ。撃ってくれ――」

モンキーは、ニーリング姿勢でダット・サイトを覗き、ダブルタップで二発ずつ撃った。後ろの兵士から撃った。そうすることで、前を走る兵士はひるみ、一瞬立ち止まることになる。そして銃を構えようとする。そうやって注意力が削がれた瞬間を狙い、先頭を走ってくる敵兵三人を倒した。

防弾ベストで救われた兵士は、その場で倒れたまましばらく蹲っていたが、モンキーは、撃とうとはしなかった。交戦意欲を喪失した敵は、仲間に救いにこさせれば良い。そこをまた狙って撃てる。負傷兵がもし銃に手を伸ばそうとしたら、誰かが今度こそ撃ち殺すだろう。

先頭の四人が倒れたことで、橋を渡ったばかりの兵士がいっせいにその場に伏せた。

工場跡の廃屋に向かってバラバラと撃ってくる。

甘利は、自分の部隊に発砲開始！　と命じた。

狙撃手を含む一個分隊が、ここから四〇〇メートル北側の自動車整備工場に陣取っていた。自衛隊にとっては、ここが防衛ラインだった。

閉鎖滑走路をすぐ隣に見るこの場所は視界が開けて、敵が身を隠せる場所がない。橋までは六〇〇メートルもあって、アサルトで狙撃するには辛い距離だが、牽制はできる。彼らが牽制している隙に、狙撃手が一人一人確実にキルしていくのだ。

「訓練小隊の狙撃銃は、うちのムースが持つバレットのMRADだろう?」

ミルバーン中佐は、耳栓をしながら甘利に問うた。

「はい。マリンコと同じMk22ですが、ただし口径は七・六二ミリNATO弾です。マグナム弾かの贅沢はさせません。あくまでも訓練小隊ですから」

整備工場を囲むように作った防御陣地から発砲が始まる。アサルト・ライフルの発砲の中に、MRADの発砲音が混じるが、何しろ口径は普通のNATO弾なので、狙撃銃の音を聞き分けることは出来なかった。

地面に伏せた兵士が、一人、また一人と撃ち抜かれていく。ヘルメットに救われた兵士が何人かいたが、そういう恐怖体験をした後では、戦闘など出来たものでは無かった。

ただ震え、自分が今この瞬間生きている幸運を神やご先祖様に感謝し、隣で死んだばかりの戦友の不運さに涙するしかない。

周囲で腹ばいになっている仲間が、一人、また一人と撃ち抜かれていくことに気付いた兵士が、立ち上がって引き返そうとする。その足下をまた銃弾が走る。彼らは橋へは向かわなかった。ジグザグに走り、堀へと飛び込んでいく。辿り着けた者もいた。背中を撃ち抜かれた者もいた。

甘利は、タブレット端末から視線を上げ、海岸寄りの丘を見遣った。そこは奇妙な地形だった。飛行場の滑走路自体は、一帯のボトムにある。滑走路の標高は、ほんの二、三メートルしかなく、津波でもあれば水没する。飛行場の東側、町がある辺りは標高一〇メートルはあり、その東端、一番海岸線寄りに、標高五〇メートルはある丘というか、切り立った山があった。その南端に、ミルバーンが連れてきたスナイパー、〝ムース〟が陣取っている。その狙撃銃は、バレットのMk22だったが、弾は、338のノルマ・マグナム弾仕様だった。

「あの距離からだと、敵の狙撃兵まで、優に二〇〇〇ヤード超えですよね。発砲から着弾まで、最低三、四秒は掛かる。射程距離として、軍のテキスト・ブックを超える」

「知っているか？ あの弾、二〇〇〇メートル飛ぶ間に、何十フィート沈み込むか？ 七階建てのビル一棟分は優に沈み込む。ムースが時々言うんだが、現代の狙撃は、砲撃に近いそうだ。まるで榴弾砲並の放物線軌道を描いて命中させる」

敵の狙撃兵が向こうの丘の上で配置に就きつつあった。ここまでは丁度一〇〇〇メートル前後だ。西側と同じラプア・マグナム弾を使うCS／LR35狙撃銃を使う解放軍の新型狙撃銃だった。

「君ら、彼らの狙撃銃の情報を持っているか？ ラプア・マグナム弾なんて、誰も中露には売ってくれないはずだが、どこで入手しているのだろうな」

「それ、われわれが使っているのは何処製でしょうかね？ ひょっとしたら、メイド・イン・チャイナかも知れませんよ」

「笑えないジョークだが、あり得るな」

解放軍本隊は、いったん橋の手前で止まった。

軽機や重機関銃の準備を始めた様子だった。

ミルバーン中佐が、「タイガー、脅してやれ」と命じた。

甘利が「牽制射撃一〇秒！」とインカムで命じると、全員が五月雨式に発砲を開始する。

その隙に、XM250分隊支援火器を持つ〝タイガー〟が、海側の陣地からその丘を狙って掃射した。放物線を描いて曳光弾が吸い込まれていく。

誰も気付くことは無かったが、その中には、背後から撃たれたムースの弾が混じっていた。彼は、距離三〇〇メートル越の狙撃で、連続ヒットさせ、重機関銃の射手と、その弾薬箱を抱えていた兵士二人を倒していた。

「何とかなりそうですね……」

と甘利が問いかけると、中佐は、「まあな……」と応じた後に、「そうは言ってもあの数だぞ。それに、ロシア軍が見ている手前、そう無様な真似もできまい」と続けた。

「彼ら、本当はいがみ合ってるんだよな？」

「はい。同盟はうわべだけで、ロシアが一番警戒しているのは中国だし、中国にとっても同様です。単に、敵の敵は味方というだけですから」

雪崩れ込もうとしていた解放軍兵士の群れが、一斉に引き揚げ始めた。

火将軍は、両腕を使って斜面を這い上がると、上に引っかかったままの兵士を引きずり降ろした。背負った背嚢に孔が空いて微かに白煙を上げていた。その背嚢の下、腰の辺りから鮮血が滴り落ちている。すでに息は無かった。

軽機関銃のスリングが首に引っかかり、兵士を引きずり降ろすと、銃が将軍の頭に降ってきた。

誰かが、「下がれ！　下がれ！」と怒鳴っている。

蘇中佐も、これ以上の前進は無謀だと悟った様子で、負傷した兵士を窪地へと下がらせていた。

「どのくらい殺られた?」

火将軍は、斜面に仰向けになったまま、空を見上げながら聞いた。

「橋の向こうに、たぶん十数名倒れたままです。あの陣地を潰さないことには……」

「対戦車ロケット弾はあるよな?」

「はい。後方にあります。しかし、射程距離は重機関銃と似たりよったりです。重機を据え付けようとした瞬間に撃たれたとあっては……」

「次に霧が出るのを待つか? ロシアが見ている手前、下手なことは出来ないぞ。無様な負け方は……」

「仰る通りです。それこそが大事で、優先することです」

「だが、われわれはロシアと違って、兵士の遺体を弾避けに前進は出来ないぞ! さてどうする?」

「霧が出なければ煙幕を張りましょう。煙幕を張って、その隙に重機関銃他を据え付けて応戦準備を整えつつ――」

「堀か? やはり堀を使うしかないのか?」

煙幕を張り続けるほどの煙幕手榴弾は持参していない。たぶん、一回二回の作戦になるだろう。

「よし、中佐。それでやろう! 何か思い付いたら遠慮無く提案してくれ! 迫撃砲部隊の犠牲も合わせると、たぶん私は、連れてきた兵隊の一割は失った。ウクライナで死闘を繰り広げたロシア軍が苦戦するわけだ。ロマノフ将軍の攻撃が成功すれば良いが……。こいつは、とんだ計算違いだぞ。息子の学校の授業参観に出たつもりが、精華《ジンファ》大で量子理論を教える教室に迷い込んだようなものだ」

ロシア軍の失敗は、数を頼りに攻めてもダメだということの証明だ。何か奇策があれば良いが、それも無いから、ロシア軍は一晩攻めあぐねたのだ。たぶん、あの日本の部隊は、野戦装備もそれなりに充実しているだろう。

そもそも、夜まで待っていては、こちらはとっくに全滅を強いられる。今となっては、あの女大佐に、大言壮語して撤退だの降伏だのを要請したことを恥じ入るしかなかった。

これ以上、兵力を削られたら、今度は向こうがそれを言ってくるに違いなかった。

しかも、一度爆撃があったからには、二度三度とそれが出来るということだ。シェミア基地から反復出撃してくるのか、いやそれとも、エルメンドルフまで戻らなければ爆弾の補給はできないのか……。そうであってほしいが、と火将軍は、祈るような気持ちになった。

シアトルの待田は、〝ベス〟のコンソールで大忙しだった。衛星が撮影したアダック島全域の状況を3Dモデリング化したものを、ゴーグル型モニターで覗いてぐるぐると動かしていた。

彼は、三箇所の降下地点を選定しなければならなかった。習志野から駆けつける空挺迫撃砲中隊の降下ポイント。そして、水機団を乗せてエルメンドルフを飛び立ったばかりの旅客機の不時着場所を。

敵に近すぎもせず、安全にアプローチできて、かつ可能な限り平坦な場所でなければならない。ロシアや中国の民航機が降りた場所より遥かに過酷なハード・ランディングになることだろう。エンジンは吹き飛び、胴体は折れて、死傷者を出すことは避けられない。最悪の場合は、火が出て、隊員たちは、機内で焼け死ぬことになる。

待田は、モニターに映した衛星写真に次々とマーキングし、ゴーグルを脱いだ。

「ガル、言っちゃなんだが、この雷神《レイシェン》部隊とかいう連中、まるで素人みたいな攻め方に見えないか？」

と背後に立つ土門が言った。

「同感です。すでに威力偵察の許容範囲を遥かに超える犠牲を出している。彼らはやはり、斬首部隊なのでしょう。台湾総統府の攻め方は知っていても、陣取り合戦の訓練はしてないと見て良い」

「単に犠牲が多いからというだけで、素人扱いするのは危険だと思うわ」

と隣に座る恵理子が言った。

「根拠を一つあげましょう。それは狙撃兵の存在です。うちのリザード&ヤンバル組は、真上をスキャン・イーグルが飛んでも、それを兵士だとは認識させないだけのスキルを持っています。ナイト・ストーカーズを苦しめたロシアの狙撃兵も、スキャン・イーグルではなかなか発見できなかった。でも、この雷神部隊の狙撃兵は、最初からスキャン・イーグルが、狙撃兵として認識していました。ギリースーツの着用と歩き方が全く雑です。彼らは、こういうフィールドでの戦闘を考慮していない部隊でしょう。むしろ、そんな彼らがどうして迫撃砲中隊を連れてきたのか疑問ですね」

「まあ、ここの状況をロシアは正確に教えなかったんだろうな。だが今の中国、ロシアと同じ戦法は採れないだろう。雷神部隊には金が掛かっている。全滅は避けたいはずだ」

「そうでしょうが、ロシアが見ているんですよ？　西海岸にちょっかいを出しては撤退を繰り返した海軍陸戦隊のようにはいかないでしょう。彼ら、全滅するまで戦うしかないでしょう。それで、ロシアに対する発言権も確保できる」

「今の中国は、別にロシアのご機嫌を取る必要もないだろう。どっちかといえば逆だぞ」

シアトル上空を飛ぶスキャン・イーグル01が、カナダ軍の前線がまた一つストリートを渡ったことを映した。シアトル・マリナーズの本拠地までもう少しだった。

〈特殊空挺旅団〝雷神〟突撃隊〉を率いる火龍空挺軍少将は、銃撃戦がいったん収まったことを確認すると、ドローンで状況を偵察するように命じた。

そもそもさっきは、ドローンを前進させる前に、偵察兵が飛び出した。事前にきつく警告しておくべきだったのに、それが悔やまれた。

訓練や演習では完璧に動けたのに、実戦は難しい。次から次へと予期せぬ状況が発生する。

前線からやや後退しつつ、作戦参謀の蘇宏大中佐が持つタブレット端末を覗いた。閉鎖滑走路の西側の堀に逃げ込んだ兵士たちが、上空を舞うドローンに向かって両手で合図している。こちら側へ逃げようとして、土手を上ろうとする兵士を押しとどめている兵士もいる。姿が見えた途端に狙撃される羽目になるだろう。

二〇名前後が、その堀に逃げ込んでいる。そして、対岸へと渡ろうとして撃たれた兵士たちの半数以上がまだ生きていた。地面や路上で、少しでも障害物となりそうなものを探して這っている。

「このドローンだが……」

「残念ですが、高度も位置もこの辺りが限界です。さっき、高度を三〇〇メートルまで上げたら、撃ち落とされました」

「ものは何？　レーザーとか？」

「いえ。機関砲です。恐らく、エアバースト弾の類いだと思います」

「どうして、そんなものがこんな孤島にあるんだ？　彼ら、スティンガー一挺すら持たなかったのではないのか？」

「米海軍はですね。よくはわかりません。自衛隊の装備には関心を払っているつもりですが、あの連中、そんなものを買えるような予算は持たないでしょうから」

「敵のドローンは飛んでいるんだよな？」

「ローター音は聞こえませんから、かなり高度があるはずです。スキャン・イーグルの類いでしょう」

「最近のドローンは、兵士を個人識別してナンバリングするんだろう？　だから私もアサルト・ライフルなんぞ持たされている」

「でも、通信兵が従っていますから、結構、ばればれですね」

「ちょっと歩こう。もう一戦やって駄目なら、次の手を打たなければならない」

　二人は、いったん西へと向け、緩やかな斜面を登り始めた。

「この後、見込むべき損耗はどの程度だと思う」

「最低でも三割の損耗は生じるでしょう。その三割は、たとえ軽症でも、まともな治療を受けられずにここで死ぬと覚悟した方が良い。そして、それだけの犠牲を払っても、求めるものは得られないかも知れない」

「中露の関係をどう思う？　われわれは最早、ロシアの下僕ではないし、弟でもない。ロシアからあれこれ命令される筋合いはないと言える」

「はい。ですが、戦場では、彼らの方が経験豊富です。それなりの敬意は払いませんと」

「この戦いをこれ以上の犠牲を出さずに終えるにはどんな状況が起これば良い？」

　蘇中佐は怪訝そうな顔をした。

「ご発言の主旨が今ひとつわかりかねますが……。

たとえば、指揮官や参謀の戦死という状況は、それに該当するでしょう。しかしその場合でも、解放軍はロシア軍に編入され、さらに大きな犠牲を払う羽目になる」

「犠牲の大きさを理由に、戦線から下がってどこかに立て籠もるというのはどうだ？」

「食料無しでも三日前後なら可能でしょう。ロシアに気兼ねする必要が無ければ。それをやると、恐らく、われわれは命令不服従で軍法会議です」

「構うもんか！　それで部下の無駄死にを阻止出来るなら」

「解放軍の名誉に関わります。さすがにそういうことは出来ません」

「では、ロシア兵の大半と、解放軍の三割を死なせて、この島を占領できるのか？　君はそれが可能だと断言できるか？　私だって、あと一〇〇名戦死させれば敵を屈服させられるという保証があれば、やり抜く。だが、この状況はそうは見えないぞ」

「敵も、生身の人間です。それに、東側でロマノフ将軍が血路を開いてくれるかも知れません。ロシア軍の前で勇猛さを誇示することに意味はない。部隊を立て直すという理由で、しばらくここで持ち堪えましょう。その隙に、ロマノフ将軍がやってくれるかもしれません」

火将軍は、一瞬立ち止まって押し黙ってから口を開いた。

「……私は、パニックに陥っているように見えるか？」

「いえ。この犠牲は全くの想定外です。爆撃を受けてから、自分は、どうやってこの状況でロシア軍と交替すべきかばかりを考えておりました。われわれは都市型ゲリラ戦の専門部隊と言えます。本来なら、他の空挺部隊が派遣されるべきだったことは明らかです。今頃、ロシア軍は高みの見物でしょうが……」

「敵の陣地を黙らせる方法が必要だ」

「ひとつ考えています。ロシア軍もウクライナ軍も使った手ですが、敵の狙撃兵や重機関銃からも見えない稜線上の向こうから、放物線軌道で、軽機、重機を撃ちます。命中率も威力も落ちるが、敵の頭上に銃弾を浴びせることはできる。ドローンをぎりぎりまで上げて、ある程度の弾着修正もできます」

「牽制にはなるだろうが……。迫撃弾を墜とせるドローンも一応は持参しているんだよな？」

「はい。高くは飛ばず、地表ぎりぎりを飛ばすことで、対空機関砲はある程度回避できます。ただ、ショットガンの類いで撃墜される確率が増しますが」

「やってみよう！　まずはあの橋の向こうの陣地だ。あれを潰し、忌々しい敵の狙撃兵も潰す！」

「ゲセフ大佐に、何か状況を伝えますか？」

「正直に、苦戦していることを伝えてくれ。助けが要ると！」

蘇中佐が通信士官を呼ぼうと合図したが、火は一瞬、その士官を制した。「近寄るな！」と。そして、蘇中佐の耳元で、「実は、島からの撤退を考えている……」と小声で囁いた。

「いったいどうやって？」

「中国の民航機も、北米大陸へ支援物資を届けて飛んでいる。帰りは、避難民をある程度乗せているらしいが、その数は減り続けている。その便を降ろそうと思う。もちろん！　そのためには、日米両軍の同意が必要だ。われわれが戦闘を止めるという提案をする」

「それは……、可能かも知れませんが、ロシア軍が同意するとは思えません。ここの飛行場に降りてくるわけですから、最悪、ロシア兵に航空機が破壊されることになります」

「私がロシア軍部隊の指揮を任されたらどうだ？　そして、その航空機で、ロシア兵もこの島から脱出できることを保証したら」

「わかりました！――」

蘇中佐は、火が言わんとしていることの意味を完全に理解していると、二度三度と頷いてみせた。そして小声で応じた。

「悪魔の選択ですな……。不幸な偶然が重なり、火将軍が全軍の指揮を執り、苦渋の決断をなさるわけですね。軍法会議は覚悟するしかありませんが、少なくとも兵は救える。ロシア兵も……」

「そういうことだ。君は同意するか？」

「はい。腹案として、考えるべきことです。われわれが全滅したからと、この島を占領できるとは思えません。敵は、味方部隊が全滅した後に、爆撃機を飛ばして来て更地にすることも可能なのですから。もともと、この島の攻略には無理があったとしか思えません」

「敵と接触する必要があるぞ。ロシアに気付かれぬように」

「士官を一名選抜し、非武装で投降させましょう。脱走兵を装い……。露軍の指揮所を爆撃させるということでよろしいですか？」

「それで良い。他に何か案があるか？」

「いえ。部隊全体を爆撃するような余裕は敵にもないだろうし、露軍の指揮系統崩壊で、作戦の継続が不可能になったと判断したという筋書きで行けます。ロシア兵もそれでほっとするでしょう。ただし、あくまでも腹案として進めることとします」

「ああ。さすがに威力偵察の失敗程度で、あたふた逃げ帰るというわけにもいかんだろうからな。

ただ、緒戦のショックで立ち直れない……、という態度は取ろう。露軍が時間稼ぎしてくれるならそれに越したことは無い。あと、ロシアに空爆を要請しよう。それが叶えられなかったことも、撤退の理由にできる」

「ペトロパブロフスクから往復四千キロ近くにもなる。空中給油機必須で、そう何度も戦闘機は飛ばせませんね。ない物ねだりです」

「あいつら、ウクライナ侵略でも、爆撃機はほとんど温存したぞ。戦略爆撃機なら、大陸からだって飛ばせるはずだがな。煙幕作戦とその放物線射撃。そして腹案の進行。すばやくやり遂げよう。軍法会議は甘んじて受けるとしても、われわれが出来ることはやったという証拠は残しておかねばならん」

火将軍は、足下に自分の影が出たことに気付いて一瞬、空を見上げた。霧はまだあちこちに残っていて、海岸線の向こうの水面は見えないが、まるで台風の眼に入ったかのように、その辺りだけぽっかりと空が覗いていた。真っ青な、吸い込まれそうなほどに澄み切った青空だ。

まず、中国大陸ではお目に掛かれない綺麗な青空だった。

火は、「晴れてやがる！」と恨めしそうに呻いた。

《第83親衛独立空中襲撃旅団》を率いる旅団長のヨシーフ・ロマノフ空挺軍少将は、海岸沿いの草むらを二〇メートルほど匍匐前進した後に、飛行場を囲む堀に降りた。

海岸沿いに走る道路の下がトンネルになっていて、水が海へと流れている。深さはたいしてないが、明らかに潮の満ち引きの影響を受けていた。

ブーツを水面に入れ、膝上の深さの堀を渡ると、第635独立空中襲撃大隊を率いるイーゴリ・ダチュク空挺軍中佐が、「頭を低く！」と警告した。

ロマノフ将軍は、腹ばいになったまま斜面を登って、南側を見遣った。

「ここは安全なのか？」

「いえ。敵の陣地までほんの一〇〇〇メートルです。狙撃されます」

中佐は、双眼鏡を将軍に手渡した。

「ただし、現状では、われわれがここを出ない限りは、頭を出した程度のことでは撃ってこないようです。右手に滑走路が、正面に、六〇メートル近い丘が見えています。円筒形の建物が建っていますが、おそらく貯水タンクの類いかと思われます。銃弾が命中して水が噴出していたので」

「あの程度の高さでも、上から撃ち降ろされたのではたまらんな。解放軍は痛い目に遭ったんだって？」

「残念ながら、そのようです」

「まあ、われわれロシアの戦い方を見て、学べば良いさ。ありゃ？　前方で手を振っている間抜けがいるぞ？　何だあれは？」

「負傷兵であります。右足首を撃たれたようで、身動きが出来ません」

「楽にしてやれば良いだろう。ああいうのは鬱陶しいぞ……」

「自分らはエリート部隊です。囚人兵部隊のような真似はしません」

「それは良いが、これだけの起伏があれば、草むらを利用して敵に接近できるだろう。なぜ失敗した？」

「敵は強力な火力と狙撃で圧倒してきます。ようやく接近できたと思ったのも束の間、洋上からヘリが現れて、ミニガンを撃ちまくってきました。しかも、ここからほんの二〇メートルで滑走路エンドですが、そこから砂浜まで、ほんの一〇メートルしかありません。幸い、道路から海岸寄りは、盛り土が作ってあり、それに隠れることは可能ですが。いずれにしても隘路部はやっかいです」

「解放軍の手前、無様な戦い方はできないぞ。われわれの技術はウクライナで磨かれた……」

ロマノフは、双眼鏡をしばらく左右に振って、

「酷いな……」とぼやいた。そこいら中に死体が見えた。死体が、草むらに沈んでいた。

「これはまるで、開戦初期のウクライナ東部だぞ。五メートル置きに兵隊が斃れているじゃないか……」

「はい。まだ息がある者もいるにはいますが……」

「何人かを海に入らせるか？」

「海岸線からすぐ深くなっており、あまりお勧めは致しかねます。逆に滑走路側の前進は、自殺行為です」

「君ら当然、霧も利用したわけだよな？」

「はい。この濃さなら十分だという霧も利用しましたが、われわれはただ的になるだけでした。まるでウクライナ兵と戦っているような感じでした」

「確かに、攻め辛い地形ではあるな。解放軍と呼応して仕掛けるとしよう。煙幕手榴弾は？」

「すでに使い果たしました。また霧が出ることを期待すべきかと思います」

「わかった。ドローンが撮影できた情報も総合しながら判断しよう。われわれは、世界で最も鍛えられた軍隊だ。そのロシア軍が突破出来ない阻止線があってはならないぞ！」

ロマノフは、また堀に入って後ろへと下がった。わけがわからないと思った。簡単に攻められるとは言わないが、それでも起伏の凹凸を利用して接近はできるはずだ。

どうしてこの程度の敵に手間取っているのか、理解できなかった。

第五章　蠢めく影

フロリダからの避難民を乗せ、バトンルージュを飛び立ったボーイング737型機は、テキサス州の州都ダラスの巨大な街を右翼に見下ろしながら飛んだ。晴れていた。地上は暑そうだったが、機内は快適だった。スマホの充電も出来る。

バトンルージュから一時間ほど飛び、ほぼ真下に、アビリーンの街が見えてくる。そこからほんの五〇キロで、西山家が暮らすスウィートウォーターだ。

だが、LAXロスアンゼルス国際空港へと向かっていた旅客機は、スウィートウォーター上空でゆっくりと旋回に入った。そして高度も下がり始めた。

しばらくして、機長のアナウンスがあった。ロスアンゼルスまで飛べる燃料は十分あり、飛行に問題は無い。だが、ロスアンゼルス空港が太平洋諸国からの救援機の受け入れで混雑しており、もとから燃料の供給がタイトなため、自分たちが着陸しても、全く給油が受けられない可能性が出て来た。そのために、念のためアビリーンに着陸して給油後、また離陸すると。

到着が最大九〇分ほど遅れる可能性があるが、皆さんが本国へと戻る救援機は二四時間運用されており、貴方がたが空港内で一泊を強いられることはないだろうとのことだった。

隣り合わせて座る西山と田代は、額を寄せ合って話し合った。

「良いニュースだよな？　まず、俺はアビリーンで降りられるし、ＬＡＸも燃料の確保はたいへんだろうが、それだけの数の救援機が太平洋各国から順調に飛んで来ているってことだろう？」

「スウィートウォーターまでの足はどうしましょう？　レンタカーとか借りられれば良いですが……」

「機内でもメールが使えるから、バイト連中に迎えに来させるのが一番てっとり早い。たぶん、向こうからは渋滞はないだろう。けど、彼らも疲れているだろうから、居眠り運転とかあったら心配だ。アビリーンには取引相手が何軒かある。もしレンタカーが借りられないなら、そこを当たってみよう。ここで降りられるなら、その程度の時間ロスはたいしたことない。そんなことより、家族を放って本当に降りるのか？」

「あとはＬＡＸでトランジットするだけですよ。空港には、総領事館の窓口も出来ているというし。心配はないでしょう」

「ＬＡはたぶん、凄いことになっているぞ……」

ネットに接続して、テキサス州内のニュースを何本かチェックできた。回線速度が遅くてほんの数本のニュースを読めただけだが、ダラスもその周辺都市も全米から逃げて来た避難民で溢れかえり、気温が上がる日中は、電力消費が記録破りの上昇を続け、州当局は、節電を呼びかけていた。

テレビは、地元ケーブルＴＶとＢＢＣしか映らない。すでに四大ネットの電波は止まっていた。だが、州当局は地元のテレビも見るな！　と呼びかけていた。電力消費は上がるし、全米の騒乱しか映していないテレビは、心の健康のために消し、あちこち繋がらなくなってストレスを溜めるだけのネットも止め、たまには紙の本を読んで心を落ち着けよう！　と広報していた。図書館はもとより、エアコンが効いたショッピング・モールの床に座り込んでそうすることを許可すると広報していた。

　アビリーン空港に降りると、西山夫妻は、このまま日本へと帰国する田代の家族や、フロリダからともに避難してきた韓国人家族らに別れを告げ、田代とともに旅客機から降りた。たいした荷物は無かった。

　誰一人、預け荷物にするような荷物は持たず、着の身着のまま、ザックに背負える程度の荷物しか持っていなかった。

　アビリーン空港は、地方空港にしては平行滑走路を持つ豪華な空港だ。機体に横付けされたタラップを降りると、エプロンを埋め尽くすかのような数の小型機が止まっていた。単発のレシプロ機もいれば、双発のビジネス・ジェットもいる。

　全て、国内から避難してきた金持ち連中だろうと思われた。

「田代、俺は十年以内にここまで辿り着くぞ！　その時に最新モデルのホンダ・ジェットを買ってやる！」

「良いですね！　お手伝いしますよ」

　ターミナル・ビルにいったん入ると、ボランティアの蛍光ベストを羽織った人々が、次から次へと降りてくる避難民の相手をしていた。避難先を割り振るバスがターミナルに横付けされていた。

　西山夫妻は、そこで懐かしい人物の出迎えを受けた。トシロー・アライ元警部が、蛍光ベストを着て動き回っていた。

　ただ彼は、保安要員なのか、腰にガンベルトを巻いている。

「何をやっているんですか？」

　とソユンが聞いた。

「見ての通りさ。元公務員たちが、ボランティアとして駆り出されている。ただ、わしらもこの歳だからな、体力仕事は向かないから、空港で避難民の割り振りをしている。空路で入ってくる連中は、数としてはだいたい落ち着いたよ。ピークはもう過ぎた」

　言われて見れば、ここにいるスタッフ全員が白髪交じりの爺さん婆さん連中だった。

　西山は、田代にアライ刑事を紹介した。自宅が竜巻で倒壊した後、埋められたミイラが発見され、捜査にやってきた日系の刑事と知り合い、その父親がアライ元警部だと。

「君ら、フロリダの元同僚を探しに行くとか言っていたが、彼がそうなのか？　どこまで辿り着いた」

「バトンルージュで落ち合いました」とソユンがにこやかに答えた。

「バトンルージュ！　あの辺りも完全に治安が崩壊しているという話だったぞ」

「ええ。酷い眼に遭いましたが。帰りは飛行機に乗れました」

「そりゃ良かった。じゃあ車はないんだな？　レンタカーがちょっと逼迫《ひっぱく》している。借りたまま返せない連中ばかりでね。息子の愛車に乗っていくか？」

「アライ刑事もここにいらっしゃるのですか？」

「いや、彼らは捜査のためにLAに飛んだよ。連絡はないが元気だろう」

「お言葉に甘えて良いですか？　店が避難民の炊き出しをやっていて、一時間でも早く帰りたいんです」

「もちろんだ！　遠慮はいらん。幸い、ガソリンはまだ手に入るが、治安は日々悪化している。避難民が膨れ上がっているせいでな。いったん地元に戻ったら、外に出ない方が良いな。スウィートウォーターも、ここアビリーンも避難民を受け入れ過ぎだ。いつ暴動になってもおかしくない。これで電気が止まったら一発で暴動だぞ」

アライは、一行を屋根付きの駐車場まで案内してくれた。ソユンは、道中で起こったことや、お世話になった人々のことを話して聞かせた。

「そのテキサス・レンジャーや海兵隊ＯＢに感謝すべきだな。だが、『テキサス・レンジャーには気を付けろ』は、私も同意する。彼らは、政治的な集団だ。善意で動くような連中じゃ無い。しかし、奥さんとしては、頼りがいのある旦那に惚れ直したってところかな……」

「どうでしょう……」

とソユンは誤魔化した。駐車場に着くと、アライは息子のホンダ・オデッセイのキーを田代に渡し、「乗り込む前に、エアコンをまずぎんぎんに効かせた方が良いぞ」とアドバイスした。うだるような暑さだった。

これで、停電が発生してテキサス全土のエアコンが止まる事態を考えるとぞっとする。熱中症で死ぬのは年寄りだけには留まらないだろう。

「そうだ……。検視官のハッカネン医師が、加勢で時々そっちに行っているらしい。もしどこかで出会ったら、飯でも食わしてやってくれ」

「必ずそうします。もし移動手段の余裕があれば、お弁当を作ってアライ刑事にもお届けします。ずっと空港にいらっしゃるのですか？」

「まあ、家に帰った所で、一人で冷えたビールを飲むくらいしかすることはないからな。ここにいると、誰かの役に立っているという気がしてくる」

　アライが去って行くと、エアコンを一〇分間全力運転させて、まず車内を冷やした。

「お店を持つのは、アビリーンでも良かったのに……」

　と田代がぼやくように言った。

「ああ、開業場所の件か？　そういえばお前は最初からアビリーンに拘っていたな。だけど、ここは競争が激しすぎる。人口一二万の街に日本食レストランができたところで、埋没するだけだ。土地は安かったし、スウィートウォーターは良い選択だったと思っている。客のほとんどは、この街からドライブがてらにやってくる。住めば都って奴だ。家は吹き飛ばされたが……」

　空港を出て二〇号線に乗るつもりだったが、渋滞しているとのことで、いったん街中に入ってから西外れで幹線道路へと戻った。

　まだ市内へと避難民の流入が続いていた。アビリーンにはそれなりの受け入れ余力があるだろうが、スウィートウォーターなんて小さな町は、あっという間に溢れるだろう。州政府はどこまでこの状況に耐えられるだろうかと車中で話し合った。

　エネルギー省高官の〝魔術師《ソーサラー》・ヴァイオレット〟、そしてＭ・Ａとも呼ばれているミライ・アヤセを乗せたボーイング767型旅客機、終末の日の指揮機《ドゥームズデイ・プレーン》〝イカロス〟は、アメリカ大陸のほぼ中央に位置するコロラド州上空へと差し掛かろうとしていた。

　静音ルームのモニターに、モノクロの映像が映し出されている。画像は粗いが、画面中央付近で、何かが燃えていることだけはわかった。飛行場のエプロンを映した映像だった。

　たぶん燃えているのは二機。それもステルス爆撃機のようだった。

「ミズーリ州のホワイトマン空軍基地です。燃えているのは、残念ながらB‐2爆撃機のようです」

テリー・バスケス空軍中佐が説明した。

「これは、偵察衛星の動画ね？」

「はい。二〇分前の撮影です。すでに軌道上を外れたので、無人航空機を向かわせています」

「ミズーリって、そんなに治安が悪かったの？」

「しばらくは持ったようですが、シカゴからの避難民が殺到したようで。ただし、基地内に群衆が殺到しているようには見えません。内部からのサボタージュかと」

「兵隊がステルス爆撃機に火を点けたの？　これってうちの領分？」

「核兵器が絡むとなると、そうなります。エネルギー省には口出しする権利があります」

「部隊の半数をどこかに避難させた方が良いわね。どこか、まだ治安維持が出来ている平和な基地に」

「本土内だと、そう多くはありません。そもそもB‐2は手の掛かる機体なので。同じく爆撃機部隊がある所で、まだ治安維持が出来ているエリアの基地となると、事実上一箇所しかありません。テキサス州のアビリーン郊外にあるダイエス空軍基地。ここにはB‐1爆撃機部隊もいます。他には、ハワイのヒッカムという手もありますが……」

「ダイエスで良いでしょう」

「核武装させますか？」

「いいえ。さすがにそれは止めときましょう。どんな不測の事態が起こるかもわからない」

とM・Aは眉をひそめた。

「でも、武器庫の警戒はさらに厳重にした方が良いわね。共和、民主両党の支持者をきっちり半数ずつにして」

「はい……」

　と応じた後、バスケス中佐は、「冗談ですよね?」と聞き直した。

「いよいよ軍の中で反乱が始まったのよ。冗談に聞こえて? そうするしかないわよ。何か、情報はないの? この火災に関して」

「何もありません。避難先として、コロラド・スプリングスという手もありますね。まだ治安が維持されています。空軍の聖地でもありますし」

「そうね。考えておきましょう。いずれにしても、シアトルの掃討が完了すれば、バトラー一派の手を完全に封じられる。作戦は順調なようだし、日没前に自衛隊はやり遂げるでしょう。バトラーはまた尻尾を巻いてどこかに逃げることになる。バンクーバー経由でアラスカにでも逃げ込むかしら。そこでアラスカ独立宣言とかやらかしそうだわ」

「無人の原野が手に入るだけです。ロシアは喜ぶでしょうが」

　接近警報のアラームが鳴った。キャビンのアラーム音は、この静音ルームまで聞こえてこないので、この部屋の天井に一個、少し不快な音を発するアラームが設置されていた。正体不明の航空機の接近を警告するもので、日に何回か鳴ることがあった。

　ほとんどは、避難先へと向かう富裕層の自家用機だった。

「ちょっと見てきます!」

「大げさよ……。きりが無いわ」

　中佐がハッチを開けると、ゴー! というエンジンの騒音が入って来る。

　秘書のレベッカ・カーソン海軍少佐がハッチを閉めると、「失礼しますね――」とM・Aの背後に回り、車椅子から伸びる四点式のハーネスを締め、さらに、車椅子が床に固定されていることを確認した。

「私、死ぬ時もこんな無愛想な椅子に縛り付けられたまま死ぬのかしら。せめて、空中に放り出されたら、手足を広げたまま大空に抱かれて死にたいわ」

「大統領専用機みたいに、ソーサラー専用の射出座席を組み込んでもらうべきでしたね」

「エア・フォース1に大統領専用の射出座席や脱出カプセルが装備されているというのは、映画の見過ぎじゃないの？　あるいは何かの陰謀論の類いね」

また接近警報が鳴った。これも珍しくはない。

全米が停電状態に陥ってからすでに一〇日も経つのに、脱出ビジネスは今も繁盛中だ。一番人気は、大西洋を横断してのイギリス脱出だが、カナダも近い分人気があった。噂では、マンハッタン島にアパート一部屋買えるだけの料金でロンドンへの快適な座席をひとつ買えるそうだった。

「全員、耐衝撃姿勢！　われわれは攻撃を受けている――」

バスケス中佐の声が響くと、カーソン少佐は、M・Aの斜め向かいのシートに座り、シートベルトを締めた。

「こんな所で誰が攻撃してくるの？」

「空軍の聖地ですから、古ぼけたジェット練習機の類いならそこいら中に置いてあるでしょう。バルカン砲攻撃を喰らう可能性はあります。こちらは鈍重な旅客機ですから」

次の瞬間、モニターの電源が落ち、天井のライトも消え、非常灯が点った。

「ああ！　バルカン砲では無さそうね……」

停電は、電力を使う対抗手段が取られるという意味だった。

ワイドボディ旅客機が、突然、急旋回に入った。まるでロールでも打ちそうな急角度に傾き始めた。

M・Aは、慌ててテーブル上のマグカップに右手を伸ばすと、機体の傾きに合わせて、カップの水平を保とうとした。

「こんな大型機、回避行動なんて意味があるのかしら……」

「いえ、これは回避行動ではなく、敵のミサイルに対して、機体上面と下部に設置されている二基のレーザー・サイトを両方使えるよう角度を付けているだけです。この角度からすると、ミサイルは、右翼上空から降ってくるようです。つまり、AMRAAMタイプの空対空ミサイルです。サイドワインダーではありません！」

とカーソン少佐は、テーブルの端を摑みながら言った。

「でもこの旅客機、高度四〇〇〇〇フィート近くを飛んでいるのよ？ 戦闘機って、普通それより低い高度で戦うんじゃないの？」

「位置エネルギーを得るために、AMRAAMは真っ直ぐは飛ばずに、まず高高度を目指すことがあります。そして、重力の助けを借りて増速しながら突っ込んできます」

「解放軍、こんな所にまで入り込んでいるの？」

「わかりません。無人機の類いなら、可能かも知れないですね」

「これ、空軍機の護衛が付いていたわよね？ それを躱して仕掛けてきたということなの？」

「そういうことになります。護衛に付いているF-35A戦闘機二機に気付かれずに、本機を狙ったということです」

しばらくして機体が水平に戻り、電気も点いた。バスケス中佐が「警戒解除！」のアナウンスをしてから戻ってきた。

この部屋を出た時より老け込んだ感じがした。

「ＡＭＲＡＡＭミサイルを二発喰らいました。幸い、レーザーで叩き墜しましたが……」

「味方のミサイルだということは間違い無いのね？」

「はい。敵のミサイルより識別は容易です。Ｆ‐35Ａ戦闘機はレーダー波を出していません。したがって、光学センサーの探知圏外から撃たれたことになります」

「それ、おかしいわよね？　友軍のステルス戦闘機同士なら、どこかで見えたはずじゃないの？　機体が光学センサーに見えるとか、ＡＭＲＡＡＭなら、どこかでレーダーを入れただろうから、撃たれる前に察知できたはずよね？」

「味方機のレーダーだと、脅威判定から除外された可能性はあります。護衛機を増やすか、いったん洋上に出るかすべきかも知れません。あるいはいっそ地上に降りるか……。カナダのどこかに降りて身を隠すことは可能です」

「この機体、緊急時に米本土領空を出てはいけないことになっているのよね？　そもそも、敵は、どうしてわれわれがここにいることを知ったの？　いかなる応答電波も出していないのでしょう？　護衛戦闘機を含めて」

「はい。リンク16にも本機の情報はないし、空軍司令部も、本機の正確な位置は知りません。どうして本機の位置情報を得たのか全くの謎です。搭乗している何者かが、内通した可能性も考える必要があります」

「自分も死ぬとわかっていて？　考えすぎではないかしら……」

Ｍ・Ａは、〝ミダス〟を呼び出すようカーソン少佐に命じた。

「〝ミダス〟！　起きて頂戴。私の声を承認して

質問に答えて――」

「M・Aの声を承認しました――。ご質問は何でしょうか？」

人口合成音がスピーカーから聞こえてくる。

「〝ミダス〟、貴方はわれわれの航路や現在位置をトレースできるの？」

「しばらくお待ちください……。何カ所か、情報の欠落はありますが、可能です。イカロスは、今朝はLAXにいて補給を受け、今現在、コロラド州上空を飛行中……。おや、何者かの攻撃を受けた様子ですね」

「攻撃者を特定しなさい」

「了解しました。しかしこれは時間が掛かります……」

「わかっているわよ。お茶でも飲んでいるわ。中佐、地上待機はありだと思う？」

「これまでも補給や給油で実際に降りているわけですし、こういう事態は想定されていません。どこか辺鄙な空港への着陸は問題無いかと思います。国内でも、モンサンデイビス基地のような、軍用機保管センターに降りれば目立ちません」

M・Aは、ふと思い付いたような顔をした。

「ねえ、敵が生成AIを使っている可能性はあるかしら？」

「〝ミダス〟レベルのですか？　それは無いでしょう。〝ミダス〟は、火力発電所一基分の電力を消費します。そんなに電気をバカ食いする施設があれば、軍やFBIが察知する前に、まずエネルギー省が気付いていることでしょう。それに、〝ミダス〟レベルのソフトウェアを組み上げるには、GAFAM並の投資と人材が必要になります」

「でも、NSAはそれをこっそりとやってのけた。予算にしても、GAFAMの生成AI研究に比べれば、微々たる予算よ。もし、〝ミダス〟レベルの生成ＡＩを敵が持っていたとしたら？」

バスケス中佐は、しばらく考えてから首を横に振った。

「生成ＡＩの助けが得られるようなら、バトラーは今頃、シカゴに着いてますよね？　行く先々で、あんなに犠牲を出していない。かと言って、中露の生成ＡＩが、そう簡単に北米のありとあらゆるシステムに証拠を残すこと無くハッキングできたとも思えない。杞憂ではないですか？」

〝ミダス〟が戻って来た。

「マム……。攻撃者は、恐らく無人機です。ウイングマン構想で開発中の、わが軍の無人機であろうと思われます。戦闘機よりサイズが小さいので、Ｆ-35戦闘機に発見されずに攻撃を仕掛け、離脱したものと思われます。残念ながら、これら無人機のほとんどがオフラインのため、その現状はほとんど把握できません。どこの基地でテスト中かを含めて」

「有り難う〝ミダス〟。こちらで対抗措置を考えます。ところで、〝ミダス〟。貴方と同レベルか、それに近い生成ＡＩが、今動いている気配はあるかしら？」

「マム、それは少し抽象的な質問になりますね。蠢《うご》めく影を感じます。私と同じデータにアクセスし、そのアクセスログを丹念に消している何者かがいることを感じます。ごく最近のことです。一〇日前にはいなかった。正確にいつ、現れたかは確定しないのですが」

「貴方と同レベルなの？」

「わかりません。その影の正体を暴こうとすることは、かなりの危険を伴うと判断して止めました」

「賢明な判断です。有り難う〝ミダス〟。オフラインにして頂戴」

〝ミダス〟がフェードアウトすると、M・Aは、「タイガー・キムはどこ？　彼のチームが必要になるわ」とカーソン少佐に質した。

「まだクインシーだと思いますが。彼一人をフォートミードに呼び戻すために専用機は出せないでしょうから」

「一番近い空港は、モーゼスレイクなのよね？　もっと早くに気付くべきだったわ。ヤキマが近い。自衛隊に拾ってもらいましょう。私から土門将軍にお願いします」

「仮の話ですが……」

とバスケス中佐が口を開いた。

「もし一週間前に、その生成AIが起動したとしたら、今、猛烈に学習中のはずです。〝ミダス〟を使えば、反撃して潰せるはずです」

「ええ。可能かも知れない。ただ、そういう問題を含めてタイガーに判断させるしかないわね。そのシステムは、どこで動いているのかしら。電気がある所なんて、ほんの僅かなのに。まさか軌道上に浮かぶ衛星ということはないわよね」

「必要とする電力の桁が三つか四つ違うはずです。衛星規模の太陽電池パネルで動かせる代物だとは思えません」

「コロラド州で使える電力なんて知れている。もし地上で動いているとしたらテキサスしかないわね。ちょっと考えておきましょう。あるいは、そのサーバーは国外にあるかも知れない。反応しないことがわかっているのに、大量のリクエストが欧州やアジアから押し寄せている。それに忍び込んだら、見分けは付かないわ。シアトルに向かって頂戴！　直接会って口頭で、土門将軍に警告します。生成AIの話は、いっさいこの部屋から出さないこと。もしそれが存在するなら、われわれは明らかに高価値ターゲットであるし、その存在に気付いたことが察知されれば、さらに厳しい攻撃に晒されることでしょう」

「了解しました。イカロスをシアトルへ向かわせます。あと、メーカー、国防高等研究計画局《DARPA》含めて、稼働中の無人機、及び無人化された戦闘機などの配置状況も調べさせます。なるべく目立たないように」

「ここは、西海岸から一〇〇〇マイルも内陸です。沿岸部の基地から飛んで来たとなると、空中給油がどこかで必要になる。空中給油機部隊は、自衛隊を支援するために比較的自由に飛び回っています。意図せずに、それら敵側の無人機に給油している可能性はあるでしょう。運用は空軍基地では無く、どこかのプライベートな滑走路かも知れない」

　カーソン少佐が中佐に指摘した。

「いきなり、そこにいる無人機は飛んでいるか？とは聞けない。航空燃料の精製が減り、給油機の運用状況を今後の運用計画立案のために知りたいと迂遠な言い方をして調べなきゃならない。それなりの時間が掛かるだろう」

「そこは仕方無いわね。相手は、〝ミダス〟並の能力の持ち主だと考えて掛かるしかないわよ」

「フォートミードのＮＳＡ本部は大丈夫ですか？　ＡＭＲＡＡＭを使って攻撃してくるということは、巡航ミサイルくらい持っているかも知れない」

「あそこは昔から陰謀論者の標的だから。防空ユニットくらい動いているでしょう」

　バスケス中佐が出て行くと、Ｍ・Ａは、片腕で四点ハーネスを外そうと苦闘した。

「これ、本当に拷問よね」

　カーソン少佐がベルトを外して後ろのポケットに収納した。

「仮に、その生成AIが存在するとして、この状況にとってゲーム・チェンジャーになると思いますか？」

「彼ら、99パーセントを名乗るけれど、一方で〝セル〟も名乗っている。つまり、細胞《セル》は無数で、それは必ずしも横や上下の連携を持っているわけではない。バトラーが操っているのでなければ、しばらくは脅威ではないでしょう」

「M・Aはそう思います？ ある種の分派行動だと」

「そうよ。なぜなら、それが無人機であるによ、有人機であるにせよ、空対空ミサイルを装備して撃てるだけの能力があるなら、エネルギー省の指揮機なんて狙わないでしょう？ 極東から飛んでくる支援機を撃ち落とすとか、もっと影響力が大きいことに使うはずよ」

「では、なぜこの機体が狙われたのですか？ それが謎として残りますね。彼らもその攻撃を無限に行えるとは思えません。僚機を撃墜した中国にしてもそうですが、この機体を優先して狙う理由がわかりません。送電網の復旧は、ここから司令されているわけではないのに」

「バスケス中佐は知っているとは思うわよ。たぶん彼の権限では話せないのでしょう。私も、何が秘密なのか見当もつかないわ」

「M・Aにも読めないことがあるなんて驚きだわ。でもこの機体、確かに秘密が多すぎますね。全天球をカバーする胴体五面のAESAレーダーに、レーザー防御兵器とか……」

機体が旋回し始めた。モニターには、外の景色が映っているが、以前は遠すぎて見えなかった二機の護衛戦闘機が映っていた。

彼らに給油するためにも、空中給油機は近付いてくる。確かに、この機体の位置を探し出すのは、そう困難な話ではないのかも知れないとM・Aは思った。

西山家と田代が乗るホンダ・オデッセイは、スウィートウォーターの町に入る手前で少し渋滞に捕まった。

今からまだこの街に入ろうとしている避難民がいることに驚くばかりだった。たかだか人口一万の小さな田舎町で、受け入れ可能数を大幅に超える避難民を受け入れているのは明らかだった。

結局、渋滞から抜け出すことは出来なかった。

なぜなら、その渋滞は、ウォルマート周辺にあるガソリン・スタンドやEV車の充電施設へと繋がっていたからだ。

そのウォルマートは、町の南側に位置する。西山が経営する日本食レストランもそこにあった。

「ロケーションは良いですね。この辺り、レストランが固まっていそうだ」

とノロノロ運転のハンドルを握る田代が言った。

「そう。ここだけで、お馴染みのファーストフードやレストランが十軒は固まっている。うちの店が一番客単価が高い。昼も夜も、近郊の町から、ウォルマートでの買い物がてら飯を食いに来る客が多い。一番の上得意は、もちろんアビリーンからやってくる。

で、ウォルマートの隣は、ローリング・プレインズ・メモリアル病院。人口一万の町にしてはでかすぎる大病院だ」

やがて、ウォルマートの駐車場が右手に見えてくる。車でびっしりと埋められていた。その車にカラフルなタープが掛けられ、一見するとオートキャンプ場のようにも見えた。

「スゲー！　この駐車場、四〇〇台は楽に入るんだぞ。スーパーはもう営業はしてないはずだが。

避難民がこんな所まで埋め尽くしているのか……」

驚いたのは、近隣のファミレスも同様に駐車場が埋まっていたことだった。さすがにファーストフード店に客の車はないが、事実上営業できない状態のレストランの駐車場までが避難民の自家用車で埋め尽くされている。

西山のレストランも同様だった。オデッセイを突っ込む場所も無さそうだった。

「うちさぁ、テーブル分の駐車スペースしか無かったはずだが、どういうことだよ……」

「でも、家は無くとも、ここも我が家よね……」

とソユンがしみじみと言った。テラス席には、客とは思えない見知らぬ人間が座っている。天井に据え付けたシーリングファンがフル回転していた。

幸い、太陽光パネル完備なので、電気代はさほど気にする必要はなかった。

店内に入ると、ドアを開けた瞬間、懐かしいカウベルの音がした。ここでもボランティアのベストを羽織った見知らぬ人間が動き回っていた。

奥のバーカウンターで、ノートをメモしている日本人の若者がいた。ちらと厨房を覗き込むと、地元のバイトとして雇った面子はだいたいが出ている様子だった。

学生バイトとして雇った根岸《ねぎし》翔《かける》青年は、少し驚いた顔を上げた。

「お帰りなさい！　てっきり帰りは深夜だと思ってました」

「それが、LAじゃ旅客機の給油が難しいという話で、アビリーンにいったん降りたんだ。良くやった翔！　ボーナス弾むぞ」

「で、この人たちは、避難民らしいけれど……」

とソユンが聞いた。

「はい。全員はいません。行政が指定した避難所に入りきらなかった人々が、ウォルマートや病院、うちみたいなエアコンが効いているレストラン等に割り振られました。全員の氏名と、家族構成、携帯番号他、リストを作りました。読まれないよう、カタカナと漢字表記です」

根岸青年は、そのノートを見せた。テーブル番号ごとに、それらの個人情報が書き込まれていた。

「いま全員はいないのね……」

とソユンがそれを覗き込んで言った。

「はい。ここにいてもやることはないので、働きたい避難民は、病院やウォルマートでのボランティアに出てもらっています。中学校の体育館とか、日本の災害時と同じですね。プライバシーも無く、雑魚寝ですが」

「ここにあるアイウエオのマークは何かしら。ほとんどは、エとオ。〝アア〟は、たぶんダブルAの意味よね？」

「はい。手の掛かり度です。〝オ〟は、E評価で、全く手が掛からず。だいたいアジア系ファミリーですね。ダブルA評価は、そこの八人掛け、パーティ用テーブルを使っているソンダーク家で、家族七人、乗用車二台で避難して来た人々です。陽気な家族で、悪い人たちじゃないんですが、ちと声が大きくて騒ぐ傾向があって、どこかモーテルにでも移ってもらえないか当局に交渉中です。あと、この〝ウ〟評価のカーターさんご一家は、黒人の御家族ですが、旦那さんは会計士。話してみるとインテリです。ピックアップ・トラックで避難してきているので、飛行場からの物資の輸送業務に当たってもらっています。ただ、あとあと、テーブルの場所を巡って差別を受けたと訴訟になる可能性があるから、テーブルの位置に関しては、一日一回シャッフルするよう当局から指導を受けています。小さい子どもがいる家庭は壁際のソファ席優先です」

「良い手際だと思う。これでどうだ？」

と西山は田代に評価を求めた。二人の紹介もなしだった。

「完璧ですね！　バイト扱いだなんて勿体無いくらいだ。今すぐマネージャーに昇格ですよ」

「そういえば……」

と根岸青年は、カウンターの内側に貼った付箋を一枚剝がした。

「一時間くらい前かな。中学校に設置したパン焼き機が動かなくなったという報告がありました」

「ああ、それ自分が見に行きます。あれ、なぜか立ち上げ時に壊れる癖があって。自分レベルで何とかなります」

「本社の指導が必要なら、電話を入れて指図してもらえ。だが、日本はまだ夜明け前か……」

「海外事業部は二四時間待機だから、誰か出ますよ。その学校の場所を教えてください」

ソユンが任せてと言った。

「私と千代丸、一回モーテルに戻って良いかしら？　まだ部屋が取ってあると良いけれど、シャワーを浴びて、ベッドで寝たいわ」

「そうしてくれ。学校の場所を田代に教えて、途中で降ろしてもらえば良い」

千代丸は、母親に抱かれてぐっすりと眠ったままだった。三人が出て行くと、西山はいったん厨房を覗いて「みんな良くやってくれた！　自分がここのオーナーです。ボランティアの皆様にも感謝を申し上げます！」と深々と日本式にお辞儀した。

それからまたカウンターへと戻った。カウンターの内側には、弁当用の透明パックが床から積み上げてあった。明らかに日本からの提供品だった。

スプーンフォークは四五リットルのビニール袋に入れられている。たぶん数千本はあるだろうが、それで何日持つのか……。

「仕入れの状況を教えてくれ。米や小麦はちゃんと届いているのか？」

「現状、問題ありません。LAXから、それを積んだ旅客機が朝夕二便、飛んで来ます。客室には、重病人とか乗せてますが、余った席にも、米袋をシートベルトで固定して飛んでくる。ほとんどは加州米と米国産小麦ですが、一部日本からの古米も混じるようになりました。主食に関しては、ほとんど問題ありません。足りないのは、チキンだのの蛋白質と、サラダや付け合わせですね」

「うちはキャッシュがないわけだが、付け合わせとかどうやって手に入れているの？」

「ウォルマート経由で買っています。料金は後日行政持ちという形で、ウォルマートとは話が付いているみたいです。なので、米と小麦以外の食料品は、いったん全てウォルマートの搬入口へと運び込まれ、そこで仕分けされています」

「ご免。肝心なことを忘れていた。今、何人避難しているの？」

「正確な所はわからないですね。行政は二万人程度じゃないかと言っていますが、俺はもっと入っているような気がします。市としては、これ以上の受け入れは無理だと訴えているのですが、道路を封鎖するわけにもいかないので、次から次へと……」

「総人口の二倍なんて……。うちはどのくらい面倒を見ているの？」

「パック弁当という形で提供しているのは、一日千食です。厨房は二四時間フル稼働。その他に、学校関連で出す給食形式の食材の提供と調理の指導で四千食前後ですね」

「とんでもない儲けになるぞ！」

「そうですね。客単価は知れていますが、たぶん、一日の仕事量で、一ヶ月分の稼ぎを超えると思います。ただ、その代金を後日、州政府がちゃんと払ってくれればの話ですが」

「払わせるさ。減額要求とかあったら訴えてやる！」

「現状、治安は持っています。寝ずに店の内外を見張っているボランティアもいるし、一応、銃器の類いは持たないでくれという指導もしてありますが、みんな愛車のダッシュボードには、ピストルくらい隠していることでしょう。テキサスへ避難してくるのに、丸腰だとは思えない。でも、パトカーはアビリーンからも派遣されていて、ずっとパトロールしているし、夜中に銃声を聞くこともありません」

「二万なんて数は、ここの全ての公共施設をかき集めても、収容は無理だろう。車中泊なのか？」

「テント持参の連中は、競技場とかでそれを開いて良いことになっていますが、何しろこの暑さですからね。茹であがる。幸い、ガソリンはあるので、屋内で収容できない避難民に関しては、エアコンが効いた車内にいるようです。エコノミー・クラス症候群を防ぐために、ボランティアが小まめにノックして運動させています」

「電気は問題無いんだな？」

「うちの厨房は、電気とガス半々ですが、町の外からの基幹電力が落ちても、郊外の風力発電の電気を町へ回すよう切り替えることで、なんとかなるだろうという噂です。インフラの懸念材料は、むしろ上下水道だろうと。下水の処理能力を超えつつあるのは間違いないでしょうね」

「バイト君らは、ちゃんと寝ているの？　君を含めてさ」

「はい。シフトをきちんと組んで、米の炊き方も皆マスターしているし、厨房のボランティアに関しては、全員、後日時給を出すことを約束しました。市長がサインした行政文書を貰ってあります。それで、一日最大十二時間のバイトで回るようシフトを組みました。俺だけは、夜中にちょっと寝ているだけですが、それでも昨夜は四時間は寝られました。まだ大丈夫です」

「これが片付いたら、市民権とか特別に申請できるよう働き掛けよう！　それだけの働きはしているぞ。俺は、ひとまず何をすれば良い？」

「バイトを連れてウォルマートに行って下さい。赤色のピックアップ・トラックが一台外に止めてあったでしょう。あれ避難民の車ですが使わせてもらっています。そこで、ＬＡから届いた材料を見て、うちがもらい受ける分で作れる献立を考えなきゃならない」

「それ、好きに選んで良いのか？」

「はい。ここのレストランは、どこもだいたいファミレスのチェーン店ですよね。自分たちで料理することは滅多に無い。冷凍食材をただレンジでチンしたものを出すだけだから、献立を考えることもしない。だいたいうちが指示して、お宅はこれとこれで、こういうのを作ったら良いんじゃないの？　と教えています。もとから全員バイトで回す雇われ店長ですから、仕事は雑ですよね」

「だろうな……。避難民がもっと増えるようなら、そういう店舗の指導も強化しよう。とにかく、良くやってくれた！　本当にボーナスは出すし、君はアメリカでやっていけるだけの度胸と才能を持っていると思うが、大学はちゃんと出てくれよ。将来、そんなことで後悔させたくないからな」

「はい。大学院の学費まで出そうですね」

「そのくらいの稼ぎにならないとやってらんない

よね！」

青年は笑顔で笑った。

「無事の帰還を祝って一杯やります？」

「ああ、暗くなったらな。これ、アルコールとか出しているの？」

「純然たる商売として、キャッシュ、もしくは使える電子マネーで飲ませています。ただし、行政の指導があって、いつもの定価での提供。ビールは一本のみ、カクテル類も二杯目は駄目ということになっています。ビールはそろそろ在庫が尽きますね。良い商売になりましたよ」

「よし！日本に、缶ビールの提供を要求しよう。アメリカ人の、最低限の文化的生活に欠かせない物資だと訴えて」

西山は、仕入れ用の伝票を持つと、地元で雇ったバイトの若者を連れてピックアップ・トラックに乗り込んだ。

稼げる時に稼げ！——、商売の鉄則だ。これから寝ずに稼いでやると決意した。

ソユンは、田代が運転するオデッセイで、いったん自宅跡へと立ち寄った。そして、旦那の愛車がどこまで飛ばされていったかを説明した。

自宅跡は、まだまったく片付いていない。その辺りの竜巻が通った跡は、一直線に視界が拓けて見晴らしが良かった。

警察が張った黄色いテープの切れ端がまだ残っていた。

「この自宅を買ってしばらくして、写真を貰いましたよ。良い家だったのに。これがアメリカとは言え、凄まじい破壊だな。奥さん、こんな状況で、僕を助けに出発したんですか？」

「あの人ってほら、一度言い出すと聞かない人だから。それに、自宅がこうじゃ、することもないし。レストランも開店休業状態だったし」

「避難民への炊き出しは、きっと良い稼ぎになりますよ。自分も手助けしますから。先輩は、何だかんだ言いながら、強運に恵まれた人です」

「そうねぇ……。全米が停電して、この暑さでエアコンもスマホもないというのに、ここテキサスだけは、普段通りの生活が続いているのだから、私たち幸運よね。神様に感謝しないと……。ほら、あのキッチン跡、あそこに骸骨が埋まっていたの。私、第一発見者なのよ。最初、何かのオブジェかと思った。いきなり髑髏よ？　足の骨とか、肋骨とかじゃなく。卒倒するかと思ったわ」

「売主を訴えたら、いくらかお金になりますよ」

「そうね。アメリカ人ならそれをやっているわよね。この騒動がなければ、ニュースを聞きつけた訴訟弁護士がダラスから押しかけていたかも知れない」

　ソユンは、学校前を一度通り過ぎると、災害避難者用モーテルへと送ってもらった。

　千代丸と一緒にシャワーを浴び、着替えて、二人で抱き合って眠った。一週間かそこいら車中泊を続けたような疲労が溜まっていたが、実際には、ほんの二日の旅だった。自分たちは、何もかも幸運だった。帰って来てみれば、そうとしか思えなかった。

第六章　謀議

シアトル国際空港からタコマを過ぎて南西に三〇マイル下った辺りに、ルイス・マッコード統合基地がある。もともと、マッコード空軍基地として、フォート・ルイス陸軍基地と隣り合わせで存在していたが、二〇一〇年に統合基地として一つになった。

そこは、二万五千名の軍人・民間人が勤務する西海岸最大規模の巨大基地であり、周辺には、一二万人を超える退役軍人とその家族らが暮らす。

基地の街であり、その地域自体、風光明媚、治安良好、夏も涼しく過ごせることで、陸軍で最も人気が高い赴任先としても知られている。

だが、この混乱が発生して以来、基地は沈黙していた。いるはずの兵士達は、基地の外へ出ることを許されなかった。

主に輸送部隊が展開する空軍基地のみが、自衛隊の支援や何やらで忙しく飛び回っている。だが陸軍部隊は、幽霊と化していた。

全米がブラックアウトして八日目、近くに上陸してきた人民解放軍海軍陸戦隊と交戦したが、彼らは、自分たちの基地を守る以上の戦闘はしなかった。

人民解放軍も、まさかこの基地を制圧するだけの戦力は持たないという自覚があったのか、基地のフェンスを舐めた程度で撤退していった。その辺りの経緯を基地の司令部が報されることもなかった。

まるで存在自体を忘れ去られたかのような状況に置かれていたが、それはここだけではなく、全米の陸軍部隊がそうだった。左右対立で部隊同士で殺し合いを演じることを防止するためであり、殺傷能力が高い軍用武器を用いて、暴徒達を皆殺しにするオーバーキルを恐れてのことだった。

軍の首脳部は、概ね、その抑制に基づく決定を受け入れていた。ここフォート・ルイスでも、非公式には、いろいろと議論は続いていたが、その命令は今日まで疑いなく受け入れられていた。この状況が他所と違う点があるとすれば、その解放軍との戦闘と、軍が〝反乱軍〟と呼ぶバトラー率いる暴徒が、ここシアトルを荒らし回っていることだった。

すでに、武装した状態で基地から脱走し、バトラー軍に加わっている兵士たちが何人もいた。

だが、基地司令部は、いったい何名の兵士が脱走したのかの実態も把握できないでいた。基地内ですら、すでに対立が深刻化していたのだ。

訓練旅団である第189歩兵旅団第358連隊第2大隊（機甲）作戦参謀のソフィア・R・オキーフ少佐は、半日掛かりで書き上げたレポートを抱えると、第358連隊連隊長のサム・クルーソー大佐のデスクに出頭した。

「解放軍攻撃による、損傷の見積もり算定を終えました。補給整備部隊のフォーマットに準じております」

「ご苦労！　何か特記すべきことはあったかね？」

「戦死者の遺体がありませんでしたが、これは、いち早く誰かによって回収されたのでしょうか？」

「損傷が激しい遺体の、何というかバラバラの破片等は、医療旅団によって回収されたはずだ。それ以外の戦死者の遺体は無かったという報告を受けている。恐らく、解放軍部隊が持ち帰ったのだろう。一人っ子政策で、遺体と言えども、持ち帰ることが励行されているらしい。あの国も文明化しているということだろう」

「基地施設のことであれば、これは本来第7歩兵師団第555工兵旅団の任務であります。また戦死者に関しては、第593遠征補給司令部第62医療旅団の任務。諸々の見積もりも、補給司令部や工兵隊の任務かと思われますが……」

「君、よくここの部隊のナンバーを覚えているな……。言いたいことはわかっている。補給司令部は、アジア各国からの支援物資の仕分けで忙しい。医療旅団も、すでに街中での治療に駆り出されている。工兵は、あの攻撃で破壊された、基地外の施設修理に当たっている。訓練部隊は暇だろうから仕事しろということだろう」

「われわれはわれわれで、ヤキマの演習場に避難してきた民衆の管理に当たっております」

「だがまあ、あそこは自衛隊も入って、そう忙しいわけでもない。物資も足りている。君は、これを読んだか？」

　と大佐はデスク上に置いたペーパーのコピーを見せた。

「グラディエーター・トムの演説原稿を文字起こししたペーパーが出回っている。全米中の基地でな。決起を呼びかけている。よく書けていて、胸を打つものがあるが、NSAからは警告が回ってきた。生成AIによるフェイク動画だから真に受けるなと。ここだけの極秘情報だが、憲兵隊がバトラーの部隊に潜入して探っている。どうやらグラディエーター・トムは生きていて、今シアトルにいるらしい。部隊を率いて戦っているという情報が流布されている。どこまで事実かはわからないが……」

少佐は、ちらと視線を落とすと、関心無さそうに眉をひそめた。

「あいにくと、彼の世代ではありませんので……。何の関心もありません」

「基地警備に関して、全国で党派性の有無を考慮せよ、という命令が出ている。つまり、民主共和でバランスを取れとな」

「軍に於いて、自分の政治的立場を明らかにすることは推奨されておりませんが？」

「だが、聞いてはならんという軍規もない。それがあるのは性的自認に関してくらいとなった。ヤキマの避難民は、今は食い物もトイレもあって大人しいが、何が切っ掛けで着火するかわからない。対処計画を立てる必要があるぞ」

「自分は戦車屋で、機甲が本職です。それこそ、憲兵旅団の仕事ではありませんか？」

「私もそう思うけどな。彼らは、シアトルの治安が回復された後の備えとして待機させておきたいのだろう。そもそも論を言えば、シアトルの治安回復に、装備もまともではないカナダ国防軍が前面に立ち、それを自衛隊がサポートしているということ自体異常だが。カナダ軍、ほとんど予備役のかき集めだぞ。ここには、二万からの陸軍部隊正規軍兵士が立て籠もっているのに……」

「大隊兵士全員の、名簿を作ればよろしいのですか？　民主共和に分けたリストを作って、教室で喧嘩しないよう見張れと。最近は、そもそも支持政党無しの兵士も増えておりますが？」

「どっちかに割り振るしかないな。白人なら共和党、黒人なら民主党で良い。ここだけの、あくまでも一例だが。下がってよろしい。これ、持って行くか？　そこいら中で手に入るが。堂々と兵舎の壁に貼っている奴らもいるらしいぞ」

「不要です。それより、脱走兵問題にもう少し真剣に向き合うべきです」

「わかっている。だがな、後々の軍法会議を覚悟してまで脱走しようなんて連中は、基地内に置いておけば、頭痛の種になるだけだぞ。兵舎で仲間を煽りかねない。鉄砲一挺盗む程度で出て行ってくれるなら好きにさせるさ。だいたい、手引きが無きゃ、そうそう基地の外になんて出られないだろうに。この基地にはすでにバトラーの手先が入り込んでいる。ホワイトマン空軍基地では、ステルス爆撃機を燃やした奴が出たらしい。いよいよ軍の分裂も本格化してきた」

「シェミアはどうするのですか？　ここにはナイト・ストーカーズの武装ヘリだっているのに」

「ここから四〇〇〇キロだぞ。途中、空中給油を三回入れるとして、それでも一〇時間は掛かるだろう。着いた頃には、もう終わっている。どっちが勝つにしてもな」

連隊長室を辞し、大隊指揮所へと戻ろうと自分のハンヴィに乗り込んだ。だが、後ろに先客がいた。身体を折り曲げるようにして隠れていた機甲科訓練教官のロイド・アルバート先任曹長が上体を起こした。

「いったんペンドルトン通りへ出て、チャペルへと左折して下さい」

「曹長、別にこの車、私の愛車というわけではないけれど……」

と言いながら少佐はエンジンを掛け、いったん通りに出ると、指揮所の隣の敷地に建つチャペルの反対側、木立の影でハンヴィを路肩に止め、エンジンを切った。

「大佐はどうでした?」

「あの人はいつもの通りです。剣闘士トムの動画から文字起こしした演説原稿を持って行けとか言っていたけれど、陳腐な演説よね」

「ええ。あれは、〝剣闘士《グラディエーター》〟トムこと、トーマス・マッケンジー大佐の文章じゃありません。その台詞でもない。自分が知る大佐は、そもそもあんなに演説が上手くない。そのお喋り自体は、昔から格調高かったですけどね。バトラーの演説を十倍くらい格調高く演出すると、グラディエーター・トムになる。彼、シアトルにいることをご存じですか?」

「大佐もそんなことを言ってたわね」

「自分が手に入れた情報では、間違い無くシアトルにいるらしい。ただし、戦える状態ではない。指揮を執れるような状態ではないとのことです。完全に、壊れている……」

「そうなの。でも私は関心無いわ。ねえ曹長。私は共和党員だし、貴方もたぶんそうでしょう。でも私は、トランプなんてクズ野郎を支持したことはないし、バトラーにしても同様よ。あんな安っぽいアジテーター……」

「でも、グラディエーター・トムは別でしょう? 貴方にとって、特別なお人だ」

「よして! 止めなさい曹長。それ以上喋ったら、ここで撃ち殺すわよ!」

とオキーフ少佐は、ルームミラーの中の曹長を睨んだ。

「貴方の兄、ネイル・オキーフ大尉は、陸軍士官学校で、マッケンジー大佐のご子息と同期で、一番の親友だった。二人とも相次いでアフガンに出征し、大佐のご子息は戦死。貴方の兄上は無事に帰国した。だがその後、酷いＰＴＳＤに見舞われ、何年も後遺症と闘いながら、最後は自殺した。帰国後、唯一親身にしてくれたのは大佐だった。彼にとっては、戦死したご子息の代わりのような存在だったはずだ。貴方の履歴書には、軍にいた兄上の存在は書いてあるが、除隊後自殺したことまでは書いてない」

「もう終わったことよ。私は、ネイルが生きた歳を越えた。家族は苦しんだけれど、あの戦争のことを振り返ることもなくなった。貴方が何を考えているのかはわかる。でも私に出来ることと言えば、鉄砲を一挺持って、破れたフェンスから逃げ出す程度のことよ。今のキャリアを捨ててやるべきこととは思えないわ。バトラーの部隊は、夕方には潰滅して、シアトル市当局は、街の治安が奪還されたことを宣言するでしょう」

「ええ。彼らは苦戦している。誰かの助けがなければ潰滅することでしょう。歩兵があと百人二百人加わったところで、どうにかなる話ではない。でも、機甲戦力があったらどうなると思います？　シアトルで戦っているのは、実はカナダ軍じゃありません。自衛隊です。われわれがヤキマで鍛えた連中が戦っている。でも彼ら、まさか戦車と戦うつもりの武装は持って来ていない。歩兵相手の戦いで、ドローンは持っているが、対戦車ミサイルを持って来たわけじゃない」

「戦車なんて……。どうやってハンガーから引っ張り出すのよ。搭乗員だって必要なのに」

「兵隊は何とかなります。空軍基地との境にファシリティー・センターがありますよね。鉄道の引き込み線が走っている。ヤキマでの演習で酷使したM・1戦車四両がそこで整備中です。随伴する装甲車も。好きなだけ暴れられます。バトラー軍を側面支援するには十分な戦力になる」

「ヘルファイアを搭載したナイト・ストーカーズの武装ヘリが上がって来たら？」

「彼らは、動きませんよ。シェミアで味方機が撃墜されても、助けに行こうとはしなかったじゃありませんか。随伴歩兵として、一個小隊、基地内で集められます」

「全く不十分ね。私たちがヤキマで鍛えた自衛隊部隊が相手なら、全然十分とは言えないわよ？　たちまち歩兵が蹴散らされて、戦車が無防備になる」

「では、基地の外で、OBをもう一個小隊かき集めます。二個小隊」

「貴方は、いったいどんな義理があるの？」

「息子がお世話になりました。一等兵としてアフガンに派遣された息子が。直接指揮下にあったことはないようですが、指揮官の見本だと言っていた。大佐の暮らしが荒《すさ》んでいるらしいという話は、その息子から聞いてましたが、何もしてやれることはなかった。その負い目があります。われわれ軍人は、皆彼に負い目がある。みんな彼に助けられたのに、いざ本人が苦しんでいる時に、救いの手を差し伸べてやることはしなかった」

「その部隊、私が率いるの？」

「そうです。実際貴方は、戦車屋として優秀だし——」

「所詮、演習場での話に過ぎないわ」

「それに、兄上と大佐との関係は、兵士たちを奮い立たせることでしょう」

「知っている？　バトラーは、士官学校時代、マッケンジー大佐のことをメンターと慕い、崇めていた。もしそれが事実だとしたら、大佐はただのダース・ベイダーを世に放ったことになるわね」

「いやぁ、バトラーはそんな大物じゃない。それに、二十歳前後の話ですよ。責任は問えない」

「その後はどうなるの？　仮に、ここシアトルでバトラーが勝利した後は……」

「ホワイトマン空軍基地でサボタージュが起こり、ステルス爆撃機が燃やされたようです。恐らく全米の基地で、正規軍部隊の反乱が起こるでしょう。まさに決起と呼べる規模の反乱が。州兵も呼応するかも知れない。自分は、そのどこかの時点で、大統領は辞任すると思いますね。副大統領も適当な理由を見つけて大統領就任を断り、大統領ポストは上院議会議長に。つまり共和党へと転がり込む。そこでこの騒乱にやっと終止符が打たれることでしょう」

「条件があるわ。これはバトラーのための戦いではなく、マッケンジー大佐の恩に報いるための戦いです。そして、バトラー軍が潰滅する前に、出撃しなければならない。彼らを助けられなければ、その出撃には意味がない。あまり時間は無いわよ？」

「わかっています！　すぐ動きます。ベトナム戦争は、誰も忘れてなかった。皆で経験した負け戦ですからね。でもアフガンを覚えている国民はいない。その記憶を呼び覚ますための戦いになるでしょう」

「どうでも良いわ。そんなこと……。どうでも良い。兄は還ってこない。聡明でいつも私を笑わせてくれた兄は、最後は廃人となり、涎を垂らしながら、自分のこめかみを撃ち抜いて死んだ。葬儀に来てくれた軍関係者は、大佐一人だった。あの経験が彼の最後の心のダムを決壊させたのよ。さ、行きましょう。忙しくなるわ。同僚に書き置きも残しておかなきゃならないし」

オキーフ少佐は、エンジンを掛けてハンヴィを出した。一瞬、チャペルの煉瓦色の屋根が視界に入った。ずっと疑問に思っていた。このチャペルに神はいたのだろうか。

ここ数日、もやもやしていたものがあった。澱《おり》のように胸の奥を圧迫していたが、自分はたぶん、行動を起こしたかったのだと今、わかった。

ダニエル・パク議員が率いる支援団体は、援助物資を積んだコンボイを連ねて、ワッツ地区へと入った。そこでこの一帯の治安維持に当たっていたボランティア団体の拠点を訪れた。医科大の教室を。

パク議員が、UCLAの法学部政治哲学教授のルーカス・ブランクに援助物資が入った段ボール箱を手渡す場面が写真に収められたが、「公開は、その騒動が収まってからしてくれよ？」と教授は釘を刺した。

懐かしい面々がいた。LAXを守ってアライ刑事が狙撃の腕を競い合ったサラ・ルイス海兵隊予備役中尉に、陸軍時代の同僚にして、今は中絶希望者のカリフォルニアへの密航を手伝うパイロットのリリー・ジャクソン元陸軍大尉。大尉とは、スウィートウォーターからここLAに送ってもらって以来の再会だった。

「君はもう飛ぶ必要はないのかい？」

とヘンリーはジャクソンに聞いた。ジャクソンはフライトスーツ姿だった。

「今日は一日中、私の機体はメンテナンスよ。LAXから、あちこちに支援機が飛ぶようになった。テキサス、ルイジアナ。北は、コロラド州、ワイオミング州まで。737型旅客機が飛んでいる。そのルートは各州何本も整備されつつあって、双発とはいえ、私の小型機でちんたら運ぶ必要はなくなった。まあ仕事がないというわけじゃないけれど、たまには休暇も必要よね。貴方、LAXの解放作戦で大活躍したんですって？」

「いやいや。サラに比べれば全然たいしたことはなかったよ。僕が一人倒す間に、三人は狙撃していた」

「貴方は、所詮、アサルト・ライフル。私は狙撃銃でしたから」

　とサラが会話に割って入った。

「ここの治安はどうなの?」とヘンリーはサラに聞いた。

「そうね。昨日からすっかり落ち着いたわね。銃声も滅多に聞かれなくなった」

「コンプトンの南に行きたいんだ。あっちの治安はどうかな?」

　とアライはルイス中尉に聞いた。

「貴方たちが訪れた夜のここよりは遥かにましよ。もし必要なら、護衛を付けるけれど」

「それをお願いできると助かる」

「それと念のため、議員をダウンタウンまで送る護衛部隊も」

「金色の腕輪とかチャラチャラした、元はギャング集団を護衛に付けてダウンタウンに入れるのはどうかと思うわ。ちょっと人選しましょう」

「サラが自分で指揮してくれると、すごく助かるんだけど?」

「わかりました。これだけの物資のお礼としましょう」

「あと、僕らがコンプトンに向かうことは秘密にしてくれると助かる。議員の護衛で来た本当の目的は、そっちまで行くことだから」

「了解です。ただ、ここの安全は、たまたま今、維持されているだけです。99パーセントは、すでにここの制圧を狙って兵隊を集めているわ。ジャレット捜査官。ここでアマ無線をモニターしている少年の話を聞いて頂けませんか?　この周辺の99パーセントのやりとりに関して、ずっとモニターしてメモを取っています」

「ジェロニモが絡んでいる奴?」

「はい。まさにそのジェロニモです!」

「すぐ紹介してくれ!――」

とジャレット捜査官の顔色が変わった。

全員で放送室へと向かった。この部屋はなぜか昼間でもカーテンが引かれていてうす暗かった。

無線マニアのケイレブ・ジャクソン少年のブースだけ、特別あつらえで、少年が特別の才能を持っていることはすぐわかった。

ジャレット捜査官がFBIのバッジを見せると、

「へぇ! これ本物なんだ……」と興味深そうにひっくり返し、表面をなぞって見た。

ケイレブは、過去二日間の〝ジェロニモ〟の交信記録をメモしたノートをジャレットに手渡して説明した。びっしりと書き込まれていた。

「それ以前の記録も取ってあります」

「録音したものはある?」

「はい。こいつ、ヤバイ! と気付いてからの交信記録は全て録音されています」

「一番長そうなのを何本か聞かせてくれ」

ジャレットは、パイプ椅子にどっかと腰を下ろすと、ショルダーバッグからノートを開いてメモを取り始めた。ヘッドホンを被ってそのやりとりを聞く。

「……大学教育は受けていない。自己顕示欲がほどほどに強い。言葉は特に訛りも無く、育ちは中流家庭のようだ。稼ぎに不満はないようだ。何にも縛られない自分の仕事に誇りを持っている」

「ロードサイド・キラーと比較してどうですか?」

とチャン捜査官が尋ねた。

「シリアル・キラーのタイプとは違うな。法規範へのそれなりの従属性を感じる」

いつの間にか、パク議員がその部屋に入ってきていた。

「君ら他に目的があって、私にくっついて来たのか？」

「いや、別にそういうわけではないんです。ある市民運動家というか、ジャーナリスト殺害事件。とはいえ単なる、行きがけの駄賃ですよ。チンケな奴だ。殺した相手は大きかったが」

とジャレットが苛ついた顔で言った。余計な口出しをするなという顔だった。それが彼の役どころだった。

「エマ・ソーントンさんの事件だよね。あれは殺人事件だとみんなわかっていたが、福音派の熱心な信者であるご両親が、中絶問題を追っていた娘のことを快く思わず、ただの落水事故という形で捜査はいっさい行われなかった。犯人がいるなら、法の報いを受けるべきだ」

「もちろんです。ああでも……、拙いかも知れないわ……」

とチャン捜査官が交信記録のノートに視線を落としながら言った。

「ジャレット捜査官、意見を下さい。ここ数時間、交信が減っている。寝たわけではなさそうだけど……」

ジャレットが「見せろ！」とノートを手に取って頁を捲った。

「寝たのは、今朝のこの辺り。三時間前後だな。これは拙いな……。交信が極端に減った。部隊が集結し、出撃準備が整いつつあるようだ。交信している場所はわかる？」

ケイレブ少年が、半分に折り畳まれたA４用紙を開いて見せた。

「地図は、僕が大雑把に描いたので、結構いい加減ですけど、三角測量の結果は自信があります」

「ああ、これ拙いわよ。南はコンプトン通り沿い、北は105号線沿いに集結している。ターゲットは間違い無くここだわ！」

とその地図を覗き込むオリバレス巡査部長が言った。

「この周辺にいるギャングは？　元ギャングだけど」

とアライ刑事がサラに聞いた。

「一〇〇名前後ね。皆勇敢だけど……」

「LAXにはもう自衛隊はいないんだよな。韓国軍が守っているとなると、彼らの助けを呼んだ方が良い」

「バリケードは解除したままだ。すぐバリケードを復活させる」

とブランク教授が出て行った。

「ジャクソン君！　君の注意力と集中力は素晴らしい。FBIは、君のような人材をこそ求めている！　あらん限りの奨学金を得て大学に通い、うちに来い。推薦状を書いてやる」

「パク議員。ここは間もなく戦場になります。スタッフを連れてすぐ脱出して下さい」

とアライ刑事がパクに要請した。

「いや、私だって弾込めくらいは出来る。皆と一緒に戦うとも」

「議員、貴方がここに留まることになれば、貴方を支援するスタッフもここから離れられません。彼らは、銃の撃ち方なんて知らないでしょう。ボランティア・スタッフを巻き添えにすることになります」

「しかし……」

「政治家ってのはこれだから！」

とジャレットが吐き捨てるように言った。

「わかった。残念だが、スタッフに怪我はさせられない。だが君たちは、ここを守り切れるのか？」

「ここは、ちょっとした要塞です。武器も豊富だし。何とかなるでしょう。早く行って下さい」とサラが応じた。

「私、ドローンを飛ばす用意をしてくるわ」

とジャクソン大尉が行って部屋を出ていった。

「それで、このジェロニモだが、包囲すれば投降するようなタイプなのかね?」

「いいえ。それはありません。いわゆる破滅型の犯罪者です。包囲されたら、警官隊と派手に撃ち合って死ぬことを選ぶ。逮捕は諦めるしかありません」

チャン捜査官がきっぱり言った。

「その通りだ。さあ行った行った! あんたは、その韓国軍部隊に連絡して、部隊を遣すよう要請してくれ」

ジャレットがパク議員を邪険にして追い出す。実に堂々とした芝居ぶりだった。

パク議員がスタッフに押されるように出て行くと、またブランク教授が入って来た。

「遅かれ早かれ、こういうことは起こっただろう。われわれの浄化作戦が成功している証しだ。犠牲者は出るだろうが、応戦して叩き潰すしかない」

「今度の敵は、重機関銃に、軽機関銃も持っているはずです。そう簡単にはいかないかも知れない」

「消防署には、すでに弾避けの土嚢が積み上げてある。南側のビルにも。あとは、向かいの病院の入院患者を安全な場所に避難させる必要があるな」

「サラ、中尉殿はどこに陣取る?」

アライが聞くと、ルイス中尉は、スマホに保存した、辺りの衛星写真を示した。

「私、海兵隊の新型狙撃銃のバレットMRADをゲットしたから、この眼の前の通りを西に走ったハイスクールの建物の屋上に陣取ります。緩やかなカーブになって、真正面に敵を捕捉出来る。ラプア・マグナム弾で、東から押し寄せる敵をワンマイル狙撃で狙える。で、マークスマンのアライ刑事に提案するのは、消防署の東側、ウィルミントン・アベニューを北に走ったフリーウェイの陸橋よ。南から押し寄せる敵を一望できる」

「レミントンで八〇〇ヤード越えの狙撃になる」

「貴方の腕なら問題ないわよ。でも、東、南双方から狙われることになるから、それなりの護衛を付けた方が良いでしょうね」

「一個分隊くらい貸してもらえると助かる」

「了解です」

ジャクソン大尉が操縦する固定翼タイプのドローンが発進して映像を送り始めた。

「韓国軍が駆けつけるには時間が掛かると思うけれど、彼ら攻撃用ドローンとか持参してないかな。真上から迫撃砲弾を落とせる奴とか」

「それ、あったら欲しいわよね。直に彼らのスキャン・イーグルも上がるはずよ」

「ニック。もしそのジェロニモも出てくるとしたら、それとわからずに撃ち殺すことになりますが、良いんですね？　訴追できなくなりますが」

「心配無い。訴追はできる。こういうタイプは、自分が死んだ後に、その〝功績〟が後世に知れ渡るよう、何らかの形で証拠を残しているものだ。トロフィーとして持ち帰った髪の毛やアクセサリー。あるいは犯人しか知り得ない供述の記録とかを。あとで探せば良い。それより、さっさとここを片付けて本来の目的の捜索に掛からないと」

「一つずつ片付けましょう」

「韓国軍は来てくれるかな」

「LAXからほんの一〇マイルです。来ないという判断はないでしょう。この規模の襲撃は久しくありませんからね。それに、パク議員はちゃんと韓国軍部隊を呼んでくれるはずです」

「またしても政治家パクの功績が増えるわけか。よし！　じゃあ、ＦＢＩチームは、地元民兵集団とともに、ここを出て、ハイウェイ沿いに陣取るぞ。徒歩で大丈夫か？」

「いえ。その余裕はないと思います。車は物陰に停めます」

「ケイレブ少年！　危なくなったら避難するんだぞ」

「はい……、あ！　大事なことを思い出した」

とケイレブは、ノートを捲った。

「ジェロニモ、自分の愛車に関して、一度だけ触れたことがありました。運転席上の風防は、青いカバーで、ちょっと聴き取れなかったんですけど、何色かの、二本のストライプが入っていると喋ってました。昨日のことですね」

「それは大事な情報だぞ！　オジさん達はちょっと仕事してくる」

今は、アライ刑事を除く全員がＭ‐４カービンで武装していた。

ごつい黒人ボランティアらが付き従う。全員タトゥーは当たり前、厳ついサングラスに、こてこてのアクセサリーで着飾っている。

ここにいなければ、ただのギャング集団だ。

「君らのことは何て呼べばいいんだ？」

「ワッツ12が、うちの正式なチーム名です」

とリーダー格の男が言った。

「よろしく頼むぞ」

この辺りで拾ったまま乗り回しているニッサンのＮＶパッセンジャーに乗り込み、ほんの三〇〇メートル北へと走り、ハイウェイの手前で車を降りた。全員、プレート・キャリアを装着して外に出る。

ウォーキートーキーで、ジャクソン大尉が、「敵はもう眼の前よ！」と警告した。

下道へと降りる取り付け道路に登ると、確かに南から疾走してくるトラックの隊列が見えた。フル・アクセルで突っ込んでくる。

アライは、サラから譲り受けたレミントンM24狙撃銃を構えると、ひとまずニーリング姿勢で呼吸を整えた。距離八〇〇ヤード辺りで引き金を引いた。二発撃った。

全然当たらなかったが、こつは摑んだ。三発目がようやく、四〇〇ヤードまで接近していたトラックのドライバーに命中した。その頃にはすでに通りから激しい銃撃を浴びせられていたが、大型トラックは、マーチン・ルーサー・キング記念病院の隣に建つ巨大な駐車場ビルへと突っ込んで横転した。

その背後から次々に新手が出てくる。トラックの隊列は、銃撃されるたびに横転して左右の建物に突っ込んでいったが、確実に前進していることだけは事実だった。その車体を弾避けに利用して、兵隊が攻めて来るのだ。

「ルーシー！　南から突っ込んでくる車列は何台くらいかリリーに聞いてくれ」

ヘンリーは、改めてポジション決めしながら、一〇メートルほど離れた場所でアサルトを構えるチャン捜査官に告げた。

ルーシーがウォーキートーキーでボランティア指揮所と連絡を取る。

ジャレットとオリバレスは、ハイウェイへと登り、ヘンリーよりさらに高い位置で銃撃できるよう備えた。

「ヘンリー、まだ一〇〇台はいるそうよ！」

「了解。敵はたぶん、先が詰まったら手前で脇道に入って突っ込んでくると思う」

「どうする？　戻る？」

「いや。あの辺はせいぜい二〇〇から三〇〇ヤード圏内での撃ち合いになる。狙撃手は要らない。選抜射撃手《マークスマン》はいても良いと思うけどさ」

　アライは、バイポッドを立て、さらに銃口を側壁の上に出した。腹ばいになりたかったが、コンクリの地面はそれなりに熱を持っている。熱気で気が散るので、シッティング姿勢での狙撃にした。

　恐らく片道三車線の通りの方が突破しやすいと判断したのだろう。武装した暴徒たちが、横倒しになったトラックの間を縫うように前進してくる。

　つい数日前まで、ワッツのギャングだった連中が、前に出てショットガンやライフルを撃ち始めていた。トラック運転手よりは、射撃に慣れている感じだった。

　チャン捜査官がしきりにハイウェイの東方向を気にし始めていた。トラックの車列が向かってきていた。ハイウェイ上は、あちこちに車両が放置され、真っ直ぐ走れるような状況にはなかったが、トラックはそれらを高架上から地面に突き落として向かってきていた。
　二、三〇台はいそうだった。
「こっちは任せろ！　ヘンリー。君は、正面の敵に集中しろ！」

　と上からジャレットが怒鳴った。

「了解。信じてますから！」

　ジャレットらの前へ、ボランティアが次々と出て行く。放置車両を盾にして銃撃し始めた。

　しかし、これは数が多そうだった。まるでLAX攻防戦の再現だとアライ刑事は思った。あそこでは間一髪自衛隊が間に合ってくれたが、ここに韓国軍は間に合うだろうか、と思った。

　二分、三分が経過して、敵は徐々に押し込んでくる。死体の山を築いてはいたものの、確実に押し込んできていた。味方のボランティアが一人撃たれて、地上に蹲っていた。

やがて、ブーン！　というなり声が聞こえ、チャン捜査官が、「あれよ！――」とほぼ水平線を指差した。ドローンが二機飛んでいた。オクトコプターだ。

暴徒がそれに気付いて空へ向かって撃ち始めるが、全然当たらない。そうこうしているうち、二機のドローンは、目標の真上に来ると、二発の一二〇ミリ砲弾を投下した。強烈な爆風で、一〇トンは楽に越えそうなトラックが二台宙を舞ってその場にひっくり返った。

ジャレットの方でも、一機が一二〇ミリ砲弾を高速上に落として、敵の意思を挫いた。病院周辺ではまだ撃ち合いが続いていたが、それで車両部隊の前進は止まった様子だった。

さらに、ジャクソンが、ジェロニモが乗ると思われるストライプ入りの風防を装着したトラックを上空から発見した。

ただちにマーキングして、追尾するよう命令が出た。韓国軍は、歩兵より先にドローンを飛ばして見事なサポートを演じた。

三〇分間の撃ち合いで、こちらにも犠牲者は出たが、敵を撃退したことは確かだった。あちらの犠牲者数は、恐らく五〇名を越えるはずだった。

医科大に引き揚げた後も、ジャクソン大尉はまだドローンでそのトラックを追っていた。ナンバーは読み取れたものの、何しろ照会しようにも陸運局のサーバーは動いていなかった。

ジャレットは、これはまた「お願いします」と頭に付けて、NSAに頼むしかなさそうだなと思った。

その後もずっと、ドローンは、一台のトラックを追跡し続けた。

シアトルへと向かっていた〝イカロス〟は、アイダホ州上空を横切り、オレゴン州の北東端を掠めてワシントン州へと入ろうとしていた。

前方にヤキマが見えて来た頃、エネルギー省技術主任の肩書きを持つサイモン・ディアス博士が静音ルームに現れた。普段は、胴体後部のコンソールで指揮している。

モニターを切り替えると、「拙いことになった……」と報告した。

「みてくれ……」

モニター上では、動いていない電力経路が赤い線で表示されている。さっきまでは、全土がグリーンで表示されていたはずのテキサス州が、赤い線で覆われていた。遂に、テキサスもブラックアウトの仲間入りを果たした瞬間だった。

「何よこれ……。ハッキングか何か？」

とM・Aは問うた。

「いや。そうじゃないようだ。南テキサス電力公社の原子炉が一基、停止した。何かの理由で、制御棒が降りたらしい。その原因はわからない。それ自体がハッキングによる破壊工作の可能性はゼロではないが、まあ違うだろう。それで、一三〇万キロワット級の巨大な発電能力が、テキサスの電力網から失われた。ダラスの今の気温は、華氏一〇六度だ。猛烈に暑い！　ただでさえ、電力供給網は綱渡りだった。南テキサス電力公社の原発は、全米でも有数の発電量を誇るが、それでも賄えないほどの電力需要が求められていた。そこで、何というか、こういう時には、周波数の上下運動が生じる。不安定になる。その大きな変化を食い止められずに、時々ブラックアウトを起こす。二〇一八年、日本のホッカイドーで同じことが起こった。復旧するまで四八時間も要した」

「死人が出るわよ？」

「それは避けられないが、われわれはテキサス州当局と組んで、ブラックアウトに関して、それなりに備えることが出来た。事前に住民たちに徹底予告し、いつ停電しても構わないよう、用意を奨励した。スマホのバッテリーや、エアコンが停止した後の、長時間の保冷空気の維持方法など、夕方まではどうにかなると思う。要は、体育館の扉を開けなきゃ良い。外に出るよりはましだ。ラジオの利用も呼びかけたし、携帯基地局のバッテリーは、一二時間前後は持つ。つまり夜明け前までは。その間に、避難民はあちこちと連絡が取れるだろう」

「夜明け時には、熱中症患者が大量に出るわね」

「残念だがそうなる」

「復旧に見込む時間はどのくらい？」

「ホッカイドーのケースでは、実は輻輳《ふくそう》した原因が状況を悪化させた。最初のきっかけは一つだったが、それがチェーン・リアクションとなって、いろんなトラブル要因を引き起こした。今回もたぶんそういうケースになる。復旧は急ぐが、最悪の場合、明日の夕方頃になるだろう」

「それまで治安が維持されると良いわね。私は、その制御棒の引き金がハッキングでなかったかどうかを調べさせます」

「お願いする。心配させて申し訳無いが、最終的には復旧できるつもりでいる。ここは他所とは違うから」

　それだけ言うと、ディアス博士は、そそくさと出て行った。まだ電力があるのは、コロラド州くらいだった。娘と父がいるコロラドには、まだ文明があったのだ。

　西山のレストランでは、厨房の熱が籠もり、じわじわと気温が上がり始めていた。西山は、安全のためにしばらくスタッフに厨房を出るよう命じ、根岸翔青年と対策を話し合った。

二〇分経過した所で、業務用炊飯器で炊いている米をどうするか決めることにした。

「鍋に入れて、ガスで煮よう！　これだけの量の米、捨てられないぞ？」

「失敗すると、鍋の内側が焦げますよね？」

「失敗しなきゃ良い。昔はみんなそうやって米を炊いていたんだからな」

「では、やっちゃいましょう！　あと、断水にも備えた方が良いですね。電力が復旧しなければ、いずれ水道も止まりますから」

「ここさ、基幹電力がダウンしても、すぐ周囲の風車に切り替わるという話は何だったんだろうな。三〇分経っても、復旧しそうにないぞ」

「電力が復旧しないと、うちが提供できる弁当なんて、一日一五〇食前後が限界になります」

「ああ。せっかくの金儲けが泡だな。いや待てよ……。うちは太陽光発電だよな？」

「厨房には無理です。天井のＬＥＤ電球を点すのとは電力の桁が違う。それに、避難民の夜の生活のためにも、頭上のライトの電源は取っておかないと」

「何か方法があるはずだ！　電力は復旧しなくとも、米を炊いてパンを焼く方法が」

「考えましょう。ガスでこの量の米が炊き上がるには、一時間は十分に掛かります」

「そうだな……。窓を開けて風を入れるか。摂氏四一度の風を――」

じっとしているだけで汗が噴き出てくる。ソユンは寝るとか言っていたが、エアコンが止まったことで、千代丸がぐずり始めるだろう。パン焼き機の修理に向かった田代は、直したかどうかを確かめることもできない。

テキサス州で、静かにパニックが広がろうとしていた。

第七章　停戦

アダック島飛行場の攻防は、小休止状態の南西部から、ロマノフ将軍自らが攻略する北東部へと移っていた。

滑走路エンド手前、敵の前哨からほんの一五〇〇メートルの距離から撃ち込むが、自衛隊陣地はびくともしなかった。

ヨシーフ・ロマノフ少将は、自分らの遥か後方上空に置いたドローンの映像をタブレット端末で見ていた。それ以上、前に出ると、たちまちエアバースト弾が飛んできて撃墜されるのだ。

事実上、自分たちの前線しか偵察できない。敵の配置状況が全く探れないのだ。

「イーゴリ、この掘沿いに滑走路側を少し西へと行けば、敵との距離は縮まりそうにみえるが？」

「考えることは皆一緒ですな。ご覧の通り、滑走路上に横たわる死体は、それを実行した結果です。距離は縮まるが、一切の遮蔽物のない場所を何百メートルも疾走しなければならない」

前日からすでに30パーセントもの兵を損耗させたイーゴリ・ダチュク中佐が言った。

忌々しい武装ヘリのローター音が響いてくる。そのヘリの接近だけはドローンでも見えた。

「煽られているぞ。こんな、ミサイルの射程内に堂々と突っ込んでくるなんて。対空ミサイルの射手を、丘の上に上げさせろ。そこから撃ち降ろしても十分、射程内だろう。なんでこんなに敵は固いんだ？」

「向こうはただ、積み上げた土嚢の隙間から撃つだけで良い。われわれは、前進しなきゃ話になりませんからね。単純にその差であって、練度や武器の優劣ではないと思いますよ」

「霧が欲しいな。霧が出てくれれば、旅客機のラフトを引っ張り出して、沖合からこっそりと上陸も出来るだろうに。霧を待つべきだと思うか？」

「解放軍は、それを待てずに煙幕手榴弾を使ったようですが、少なくとも第一戦は失敗したようです。また後退した」

「彼らを自由に使えるなら、私はここを五分で突破してみせるぞ。解放軍兵士を前列に立たせ、われわれは督戦隊任務に徹して、ひたすら突っ込ませる」

「それを解放軍相手にやったら、彼ら、敵はロシア兵だ！　と激怒して、仲間同士で撃ち合いになります。まずは、あの煩い蠅を叩き墜しましょう。ローター音だけで兵士がすくみ上がる。でもあれを叩き墜とせたら、士気も上がります」

「待っている暇は無いぞ。とにかく撃ち込め！　せめて弾は豊富だと宣伝してやれ」

兵士らは、堀の土手から銃口を空に出して引き金を引き続けた。狙いを定めることもない。銃口は空を向いているから放物線軌道になる。銃弾は三〇〇〇メートルほど飛んで、無人となった住宅地の上に降り注ぐはずだった。

第160特殊作戦航空連隊〝ナイト・ストーカーズ〟のMH‐60Mブラックホーク・ヘリコプターから降り立ったアメリカ海軍ネイビー・シールズ・チーム7（西海岸担当）の二人の兵士、イーライ・

ハント陸軍中尉とマシュー・ライス上等兵曹は、給水塔が建つ丘の斜面を登ると、原田小隊・田口《たぐち》&比嘉《ひが》組が陣取る陣地へ匍匐前進して近付いた。

「状況は？――」

と背後から怒鳴る。丘の陰に隠れたままのローター音が少し煩かった。

「敵の後方、MANPADSを担いだ兵士が丘を登り始めた模様です。ここからの距離は凡そ二五〇〇メートル」

リザードこと田口芯太《しんた》二曹が、説明した。

「ドローンで追っていますが、撃たれるリスクがあります」

「了解した。パイロットに警告する――。ほんの五秒間、牽制射撃を要請したい。ヘリが一瞬、頭を見せて、ミニガンで掃討する。そのテストだ」

その場を仕切っていたヘルスケアこと高山健《たかやまけん》一曹が「牽制射撃五秒、スタンバイ！」と告げた。

ローター音が変化し、ヘリがふわりと浮き上がる。丘の頂部に姿を見せる寸前に、分隊が牽制射撃して堀に潜む兵士らを一瞬黙らせた。

その牽制射撃が終わった途端、今度は、胴体の側面を見せたブラックホークのミニガンが火を噴いた。土手を抉り、その縁に潜む兵士を容赦無くなぎ倒した。ヘリはほんの三秒の斉射ですぐ頭を引っ込めた。

「よし。だいたい感じはわかったぞ。うちの狙撃兵に出番はあるかな？」

とハントは田口に聞いた。

「三五〇度方向。飛行場に沿うブルックから北へと延びる更に細いブルックが走っています。敵はそこを移動している。たぶん指揮所へと通じるルートです。距離にして、一三〇〇メートル。ヤードの方が良いですか？」

「いや。国際標準に従うよ。マクミラン・TAC

338の有効射程距離だ。君のブルパップでは少しきついよね」

「俺のも338ラプア・マグナム弾使用ですから、十分射程距離内です。見たいですか？」

田口は少しムッとした顔で言った。もっとも、すっぽり被ったギリースーツのせいで、その表情は見えなかったが。

「いやいや、失礼した！　われわれがそのブルックに専念するよ」

高山が、事前に用意していたスペースを二人に提供した。もとは、田口&比嘉組の代替陣地として用意された場所だった。

田口は、ＤＳＲ‐1狙撃銃を構えてトリガーガードに指を掛けた。飛行場沿いのブルックから、丘へと登る細いブルックを一人の兵士が背中を見せて登っていく。足下に気を取られてか、全く警戒する様子は見えなかった。

「よしなさいよ！　大人げない……」

隣でヤンバルこと比嘉博実《ひろみ》三曹がぼやくように言った。

「敵は敵だぞ」

「背中を見せている無害な敵を撃つんですか？　それも、アメちゃんの狙撃兵と競い合うためだけに。俺ら、司馬さんじゃないんですから、戦場にもルールありっすよ。だいたい、中尉は俺たちをわざと煽ったんですよ。心を乱してへましでかすように」

田口はやむなく指を放した。

指揮所の司馬一佐、原田三佐、シアトルの待田一曹、そして装備庁の居村陸将は、スキャン・イーグル03の同じ映像をずっと監視していた。山肌を、二人の兵士が登っていく。二人とも長い筒状の兵器を背負っていた。

「待田さん。このＭＡＮＰＡＤＳの射手、スリンガー・システムで撃てるよね？」

と居村が市ヶ谷から聞いてきた。

「稜線越え射撃になります。そもそも、対人攻撃には使わない前提ではなかったのですか？」

「それ、一応免責条項があって、同盟国に損害発生の可能性がある場合は、その要件を外す、とある」

「それを仰るなら、われわれがアダック島に展開した時から、その条件下にあったと思いますが？」

「までも、ヘリを狙うミサイルはさすがに別だよね？　GPSデータは精確に拾えていると考えて良いかな？」

「敵のGPSジャマーは動いていますが、他の測位衛星システムなども使って、地上目標の位置に関する整合性は取れています。誘導爆弾への入力も問題ありません」

「射程は三〇〇〇メートルない。一発撃って、着弾修正し、四発くらい行ってみようか？」

「こうなると、対空機関砲ではなく、曲射砲ですね。半径三〇〇〇メートル以内の敵は、稜線向こうのタコツボに潜もうが攻撃できる」

スキャン・イーグルのGPS座標がスリンガー・システムに転送され、火器管制コンピュータは、ターゲットとの標高差、徒歩による移動速度、およその風向風力、そして地球の自転を計算して弾道計算し、ブッシュマスター三〇ミリ・キャノン砲が一発を発射した。

その弾丸は、緩やかな放物線を描き、稜線を越えて飛んでいく。発射から五秒後、その二人の頭上一〇メートルで爆発した。一人は倒れたが、もう一人はすぐ針路を変えて走り出した。走り出した途端、背負っていたミサイルのチューブを放り出す。

弾道は、やや東にずれていた。風のせいだった。

着弾から二秒後、四発の弾丸が連続発射された。

今度は、外さなかった。兵士の背中と前方で、エアバースト弾は兵士を囲むように爆発し、一人の人間をボロボロに引き裂いた。

居村は念のため、地面に放棄された二発のミサイルに向かっても、一発ずつお見舞いし、完全に破壊させた。

「ご苦労！　お見事だった」

と居村が労った。

「そっちはどんな感じですか？」

と待田が聞いた。

「そろそろ日本も夜明けだが、みんな起きているよ。大丈夫、交替でちゃんと睡眠は取っている。そちらはどうですか？」

と居村は、待田の後ろに立つ土門に聞いた。

「ええと……、マリナーズの本拠地？　あのドーム球場は制圧した。今、装備官殿が提案したプランを策定中です。地元当局が、スタジアムの管理側と協議して、モニターの点灯が可能かどうか検討中で、これが成功するなら、一発も撃たずにスタジアムを解放できる。あそこは、99パーセントの巣窟らしいから、みんな気構えている所だ」

「了解しました。こちらでもモニターを続けます。空挺の迫撃砲中隊が間もなく降下します。間に合ったようだ」

スキャン・イーグル04が、島の中央部、住民が避難した辺りに空挺降下する様子を捉えていた。C-2輸送機は、弾薬を乗せたパレットに続いて隊員を放り出すと、大きく右にバンクして旋回離脱していく。

司馬が、「これで命拾いしたかしらん……」とため息を漏らした。

降下部隊とやりとりした原田が、「参集と移動、布陣に三〇分欲しいそうです」と司馬に告げた。

「そんな暇はないわよ。解放軍の攻撃型ドローンは上がってないのでしょう？　砲と弾は、避難民の車両や米軍のハンヴィに乗せて移動。空挺隊員は走らせろと。一五分で布陣を終えさせて！」

「そう要請します」

「司馬さん、少しだが、スリンガーの弾も持たせました。有効に使って下さい。市ヶ谷アウト――」

「原田さん、迫撃砲が配置に就くまで時間を稼いで。解放軍は仕掛けてくる様子はないのね？」

「はい。向こう三〇分はないと思います。南西側に関しては、ロシア軍の動きも鈍い。北東側は、武装ヘリが無事なら、しばらくは支えられるでしょう」

「迫撃砲中隊、一戦撃ちまくったら、もう少しこちら側に移動させ、北方の露軍を牽制できる位置に展開させましょう。と言っても、閉鎖滑走路の南端は渡れないのよね。敵が圧迫していて」

「ハマーヘッド湾の対岸からでも、北のロシア軍はぎりぎり射程圏内です。しかし、プレジャーボートを出して、こちら側に渡ってもらうのが無難でしょう。その頃には、エルメンドルフを飛び立った水機団部隊が不時着を強行します」

「まあぞっとするけれど、やってもらうしか無いわね。数の暴力は続くのだから」

スキャン・イーグル04が、さっきから奇妙なターゲットを捕捉してアラームを発していた。注意喚起を求めていた。

一人の兵士が、山中を走ってくる。明らかに解放軍兵士だが、武器は持っていない。アサルト・ライフルも、ピストルの類いすら持っていなかった。そのことから脱走兵であることは明らかだった。ヘルメットも装備も脱ぎ捨て、右手には、何か布きれを握っている。モノクロ画像なので、色はわからないが、たぶん白旗の代わりだろう。アップダウンが続く草原地帯をひたすら走り、避難民と海軍兵士らが固まるエリアを目指しているようだった。

原田は、ベイカー中佐を呼び出して、その脱走兵を確保するよう要請した。選抜され、鍛え抜かれた彼らにとっても、これはきつい戦いなのだろう。

その脱走兵は、まるでカリブーの群れが疾走するかのように、軽やかな足で草原を走っていた。脱走兵には違いないが、少なくとも肉体は鍛えていそうだった。

その脱走兵の存在を忘れた頃、ベイカー中佐が呼びかけてきた。脱走兵を確保したが、彼は自分のことを士官だと名乗り、北京語がわかる指揮官と至急話す必要がある！　とそこそこの英語で要求しているとのことだった。

「原田さん、タオを乗せたボートを出して、迎えさせて下さいな」

その間にも、北のエリアでは、激しい攻防戦が続いていた。

ブラックホーク・ヘリが一瞬頭を出してはミニガンでブルックを掃討する。弾薬ケース分を撃ち尽くしたら、一八〇度旋回して、反対側のミニガンを撃ち尽くすまでポップアップと降下を繰り返す。

軽機関銃を持った兵士がブルックの後方に出て、距離を取って攻撃しようとすると、すかさず日米二人の狙撃手によって倒された。

ロマノフ将軍は、「こいつはまるでホストーメリ空港だな……」とぼやいた。ロシア空挺軍悪夢の戦いとなった、ウクライナ侵攻作戦初日の撤退劇が再現されようとしていた。

タオこと花輪美麗《はなわびれい》三曹は、訓練小隊四名を連れて、港からプレジャーボートで出港し、いったん沖合に脱出してから、対岸のハマーヘッド湾に上陸した。狭い砂浜に乗り上げた。解放軍の最前線まで七〇〇メートルしかない。上空からスキャン・イーグルが監視しているが、十分狙撃できる距離だった。

兵士は、両手首を何かの紐で縛られていた。解けないほどきつく縛られ、手首がうっ血していたので、切ってもらった。ボートはまた沖合へと出てから港へと向かった。

「それで、何と呼べば良いかしら？」

「自分は、劉駿《リウジン》中尉だ。〝雷神《レイシェン》〟突撃隊を率いる火龍《フォロン》空挺軍少将の密命を帯びて投降して来た。そちらの指揮官へのメッセージを持っている。水を貰って良いか？　一〇キロ近く、飛ばして走ってきた……」

花輪三曹は、訓練小隊のコマンドに、背負っているハイドレーション・パックの水を飲ませるよう要請した。

「甘いな、これ！　うちもこういうスポーツ飲料を入れている。だけど、どこでも入手できないのが難だな」

「同感ね――」

港に入ると、ハンヴィに乗せて指揮所へと走った。司馬にお目通しされると、敬礼もそこそこに、

「戦闘服の胸ポケットに、将軍のメッセージを録画したスマートホンが入っております。取ってよろしいですか？」と尋ねた。

司馬がどうぞ、と応じると、劉中尉は、左胸のポケットからスマートホンを取り出し、ボリュームを上げてその動画を再生した。

いきなり銃声で始まる動画だった。火将軍の背後で、激しい銃撃音と怒鳴り声が聞こえる。応戦しているようだった。

「……、ああ、司馬大佐。君たちは実に頑健な抵抗を示している。正直に言って、全く予想して無かった。報されてもいなかったが……、こんな部隊がいるなんて。それで、これを録画している現在、私はすでに戦力の一五パーセントを喪失した。うち、五パーセントは戦死だ。四〇〇名の兵士を連れて来て、二〇名がすでに戦死した。これでもまだましな方だろうが……。そして五〇名が、後遺症が残る深刻な負傷状態にある。うち何人かは、このままここで死を待つことになるだろう。恐らく、十名前後は。

攻撃は、霧が出るのを待つべきかもしれなかったが、どの道勝ち目はなかっただろう……。この後、二〇〇名の犠牲で君たちを制圧出来るという確実な保証があれば話は別かもしれないが、参謀とも話し合い、たぶんそれでも無理だろうという結論に達した。

停戦を提案したい。決して降伏ではない。それが停戦に過ぎないという証明に、われわれは島を去る。平和的にな。西海岸へ支援物資を降ろして引き揚げる民航機をここに降ろしてもらう。別に日本の機体でも構わない。あるいは韓国、シンガポール機でも。台湾機は、ちょっと勘弁してくれ。ロシア兵も乗せてもらう。

ロシアを停戦させるために、案を持っている。われわれは連絡将校をロシア側に派遣し、その指揮所の位置はもとより、指揮官の現在位置も完璧に把握している。君たちが次に誘導爆弾を落とす時の目標にできるだろう。指揮官が戦死したら、ロシア軍は私の指揮下に入る。兵士らは、この戦いにうんざりしているはずだ。無事に連れ帰す約束をすることで、彼らにも銃を置かせる。私は、解放軍の名誉を汚した罪で軍法会議に掛けられるだろうが、構わない。勝算のない戦いで、兵士を無駄死にさせるのは無責任だ。われわれはロシア軍ではないからな。受け入れてくれるなら、あの閉鎖滑走路の端で、フラッシュライトを三度向けてくれ。こちらも応答する」

　動画が終わると、「再度、再生しますか？」と劉中尉が問うた。

「いいえ、その必要は無いわ。貴方は今ここで初めて知ったの？」

「いいえ。自分は、これを録画した現場におりましたし、スマートホン紛失に備えて、火将軍から口頭での命令も受けました」

「そう……。貴方はどう思って？　これは検討に値すべき提案かしら？」

「自分はそれを判断する立場にありません」

「でも士官なのでしょう？　個人的意見くらいあるでしょう」

「では……。この後、一時間撃ち合ったところで、われわれはただ悪戯に犠牲者を増やすだけで、何の戦果も得られないでしょう。その隙に、日本は増援部隊も呼んでしまう。戦闘継続に合理性がないことは明らかです。はい、自分は将軍のご提案を支持します」

「部隊に異論はない？　将軍のこんなとんでもない判断は間違っているからと、後ろから銃殺するような兵士はいないと断言できる？」

「他人の考えまではわかりかねます。ただ、ひとつ言えることは、これはわれわれの戦争では無い。ロシアの復讐劇に巻き込まれただけです」

「良いでしょう。提案を受け入れます。タオ、この中尉さんを静かな部屋に案内して、コーヒーでも差し上げてちょうだいな」

「はい、マム」

　二人が出て行くと、司馬はその提案を原田に語って聞かせた。

「相談もなしに受け入れたのですか？」

「貴方は拒否すべきだと思う？」

「いえ。この戦いは薄氷を踏むような展開です。一つのミス、ひとつの加勢でたちまち形勢は逆転することでしょう。問題は、ロシア側をそう簡単に操れるかですね」

「そうだ！　向かってくる水機団を止めないと。その旅客機、ぎりぎりの燃料しか積んでないのよね。ひとまずシェミアに向かってもらいましょう。悲惨な不時着で犠牲者を出すのはバカらしいわ」

土門も、その停戦に合意した。この後、危険を冒して水機団が乗った旅客機を不時着させたくはなかったからだ。あとは、そのロシア軍に対する斬首作戦が成功するかどうかだった。


指揮通信車両〝ベス〟の中では、指揮官用蚕棚ベッドで寝ていたアルコール・タバコ・火器及び爆発物取締局（ATF）のナンシー・パラトク捜査官がようやく起きてきた。

「あたし、寝過ぎたかしら……。あまりにも寝心地が良くて」

「いや、今日のハイライトはここからだ。説明してやれ」

と土門は娘に命じた。

「最後の関門の、二つの巨大スタジアムの掃討が始まっています。南側のマリナーズの本拠地Tモバイル・パークはもう掃討完了です。ここは問題無かったわ。普通の避難民、というか、民主党シアトル支部がコントロールしていたから。問題は、北隣のルーメン・フィールドで、ここは最初、共和党シアトル支部がコントロールしていたのだけれど、いつの間にかバトラーに感化された〝99パーセント〟が支配権を奪って、武装したゴロツキどもが入り込むようになった。今、観客席に五万人ちょっと。フィールドに二万人ほどが集まっている。よく言えば避難だけど。それで、彼らの戦意を削ぐために、強烈なパンチを用意中です。巨大スクリーンが何面かあるでしょう。緊急時の誘導用に、バッテリーがある。五分だけなら、映像と音声を流せる。それ用に撮影した警告映像を流します。本当は、シアトル市長にお願いしたかったのだけど、あんな連中の恨みを買うのは嫌だと逃げられて、やむなくコスポーザ少佐にお願いしました」

「良いんじゃないの？　彼、結構押しが強い性格だから、そのメッセージは十分に伝わることでしょう」

スタジアムの屋根部分でスキャン・イーグルの視界が遮られるため、オクトコプター・ドローンがその屋根の下を飛んでいた。

カナダ軍兵士らが、観客席の一番高い所まで上がり、等間隔で並び始めると、場内がざわつき始めた。

そして、ふいに頭上の巨大スクリーンが蘇った。上空から撮影したオクトコプターの映像が映し出された。まるでアクション映画のような派手な音楽がついている。

オクトコプターは、撮影された場内の個人に、片っ端からナンバーを振っていく。子どもも、ペットの犬までナンバリングする。雌雄の判別こそしなかったが、犬種までを分析してモニター上に表示した。そして、武装した人間を片っ端から警戒リストに放り込んでいく。上着の下に銃が隠れている中年男性をマークし、彼が移動するごとに、そのマーキングが付いていく。

それから、武装した者たちが集まり、話しているシーンがクローズアップされる。いかにも、よからぬことを企んでいる雰囲気が演出されていた。

その手の武装した人間が数百名マーキングされている。カメラは徐々にズームアウトし、リアルタイム映像として流される。危険人物を一人残らず把握し、追尾しているという警告だった。

やがて、画面が切り替わり、兵士たちをバックにした、一人の男の顔を正面やや下から煽るように撮影した映像に切り替わった。

「私は、合衆国陸軍予備役少佐のカルロス・コスポーザだ。この治安回復作戦に従事している。今、君たちが見たように、このスタジアムにいる人間は、ペットの犬一頭から、赤ちゃん、お年寄りに至るまで、ドローンによって把握識別され、監視されている。これから、カナダ軍と協力して、全員の武装解除を行う。少なくとも、一度でも武装した場面をドローンに撮影された者は、所持している武器を全て放棄してもらう。抵抗は無意味だ——。われわれの指示、命令に従え。ここシアトルの治安はまもなく回復される。法と規範が回復するだろう。それを邪魔する者とは戦う」

映像が終わり、スクリーンがまた沈黙した瞬間、会場正面に、カナダ軍を引き連れたコスポーザ少佐が現れた。

まるで、ゲームの合間のショーのようだった。

その直後、何者かが観客席から発砲しようとした瞬間、どこからともなく狙撃された。狙撃音が響き渡り、七万人のどよめきがスタジアムに谺《こだま》する。

兵士たちが、武装している者はその場に跪き、武器を両手で持って高く掲げよ！　と仕草で命じた。その姿勢から撃てるものなら撃ってみろ！　蜂の巣にしてやるぞ、という挑発でもあった。

ひとり、また一人とその場に跪いて武器を掲げる。掲げ方が足りない者たちは、容赦無く兵士たちから銃床で小突かれた。

　ＡＩは、抵抗しそうな人間を挙動で識別した。ある種のプロファイリングも行い、まず、ドローンを眼の前に近づけて警告した。それでも抵抗の素振りを見せた者は、兵士らが遠巻きにして銃口を突き付けた。それでも命令に従わない者は、銃を構える前に、狙撃された。狙撃銃の銃声がスタジアムに響き渡ると、それだけで暴徒たちは、戦意を削がれていった。

「成功だな――」

　と土門は言った。スタジアムの上部に陣取って、次々と狙撃しているのは姜《かん》小隊の面子だった。

「ここでの危険は、暴動と化して、大勢の犠牲者が出ることだ。それは阻止出来た。ピストルを隠し持つ連中は残るだろうが、少なくともここから飛び出てバトラー軍に参加するようなバカどもは出ないだろう。後の警備は、市民有志のボランティアに任せて構わない。シアトル市議会、ホールまでハーフマイル、日本国総領事館までワンマイルか。先は見えた。あとは、ダウンタウンを行進して、逃げ出すバトラーを探すだけだ。もう逃げ出した後かもしれんが……」

「最後のハードルをクリアしましたね。有り難うございます！　将軍。自衛隊のおかげです。シアトル空港からの補給も順調のようだし、後は、電力さえ復旧すれば、何もかも元に戻ります」

「捜査官、こういう場面で、私が、『先は見えた！』だのなんだのぬか喜びすると、すぐ、縁起が悪いから黙ってろ！　と部下から睨まれるんだ。だから私としては、引き続き警戒せよ！　としか言わないことにしている。とはいえ、まあしかし、もう番狂わせはないだろう、なあガル？」

　ガルは、首を横に振りながら、この人、また言っちゃったよ……、という顔でため息を漏らした。

アダック島では、火将軍が、直接自分の赤外線暗視ゴーグルで、敵側から赤外線フラッシュライトの発光があったことを確認した。

「最新の座標を、モールスで教えてやれ」と副官兼通信士官の唐陽《タンヤン》大尉に命じた。

「よろしいのですか？　ロシア側が航空支援が得られると言ってきましたが？」

と蘇中佐が注意を促した。

「タイミングってものがあるよな。支援にはさ……。機を逸した支援が何の役に立つのか？　それがもし効果を発揮するなら、敵の斬首作戦によって露軍指揮官らは名誉の戦死を遂げたが、解放軍が残存兵力を纏めて目的を達した！　という話にすれば良い。どちらにしても、私は信じてないがね。ペトロパブロフスクからの出撃はないんだろう？　だとしたら、内陸部から、長距離爆撃機を何機か発進させたのだろう。だが、足の長い攻撃用ミサイルはもう尽きたはずだ。後は、誘導爆弾を投じるだけ。ここまで近づけると思うか？　たいした護衛もなしに。それに、誘導爆弾の類いなら、例の防空ユニットが叩き墜すだろう。われわれの失敗の原因は何だったと思う？」

「攻撃用の高速ドローンをもう少し持参すべきでしたな。防空ユニットから狙われないよう、地面を這うように飛ばして、敵の陣地に突っ込ませる。あの陣地に対しては、そういうドローンがほんの二機もあれば、無能力化できていた。死体の山を築くこともなく」

「今後の研究課題だろうな。そもそも、われわれの本来任務向きな作戦ではなかったが」

党幹部は激怒するだろうが、自分は救える命を救ったことを誇りにするしかなかった。この作戦のことは、解放軍の永遠の恥辱として封印されることだろう。だが教訓は次の戦いに生かしてほしかった。

　ヤキマ国際空港内に設けられた北米邦人救難指揮所では、統幕運用部付きの三村香苗《みむらかなえ》一佐が、再び現れたツポレフTu‐95RT、NATOコード、〝ベアD〟タイプに注意していた。

　これが出て来たということは、戦闘機なり爆撃機なりが飛んでくるということだ。だがペトロパブロフスクには動きがない。スパイ衛星では、何の動きも見られなかった。したがって、内陸部から、長距離爆撃機が飛んでくるということだった。

　問題は、それが何を搭載しているかだ。ものが〝キンジャール〟なら、カムチャッカ半島上空からだって撃てる。あれはバックファイア爆撃機から撃てば三〇〇〇キロは飛ぶミサイルだ。しかし、それだけの数のキンジャールを持っているかどうか？　それ以下だと、通常の航続距離の巡航ミサイルということになる。

　そしてそれは、スリンガー・システムでも迎撃できる。エルメンドルフ空軍基地からは、誘導爆弾を装備したF‐2戦闘機がすでにアダック島に接近していた。

「ねえ、この目障りなベアだけど、そろそろ撃墜しない？」

「いえ、それは駄目ですよ。うちのP‐1哨戒機がぴたりと監視に付いているんです。仕事が無くなるじゃないですか？　それに、目撃者はいた方が良い。われわれのスキルを見せつけるチャンスです」

　と海自P‐1乗りの倉田良樹《くらたよしき》二佐が言った。

「では、シェミアに降りる前提で、F‐35B部隊をベアの後ろへと出します。何が出てくるかわからないけれど、撃たれる前に叩き墜しましょう。前回みたいな危うい迎撃はご免ですから」

アダック島から一七〇キロ東のアトカ島飛行場から、再び四機のステルス戦闘機が離陸した。

第308飛行隊のＦ‐35Ｂ戦闘機だった。前回、危うくキンジャール・ミサイルを迎撃し損ねそうになった反省から、今度は、撃たれる前に発射母機を潰すことを前提とした作戦を立てていた。

離陸した途端に、後方から接近するＦ‐２部隊が後方センサーに捉えられた。彼らは爆撃任務。ステルス戦闘機部隊は、シェミア島北方海域へと前進し、現れる敵部隊を待ち構えるのだ。上空は、シェミア島のレーダーが見張っていてくれる。だが海面近くは見えない。

それは、Ｆ‐35戦闘機の優秀な光学センサーか、レーダーで探すしかない。アダック島北西海域五〇〇キロ。ほぼ狙っていたエリアに、その目標は現れた。ロシア空軍の戦略爆撃機Ｔｕ‐22Ｍ〝バックファイア〟爆撃機だ。

これも長命な爆撃機で、そのＦ‐35Ｂ型戦闘機に乗るパイロット四人の誰よりも年上な爆撃機だった。

今でこそ、古めかしい機体になったが、登場した時は、西側を震え上がらせた。悪夢の爆撃機と言って良かった。

飛行隊長の阿木辰雄《あぎたつお》二佐は、前方に二機編隊のバックファイアを捕捉すると、予定通り全機にエンジンのシャットダウンを命じた。高度二五〇〇〇フィート付近を飛んでいた四機の戦闘機は、推力を失って滑空状態に陥る。だがそうすることで、自機が発する熱反応を最小にすることが出来る。

バックファイア爆撃機は、一二〇キロ南で、彼らと交叉した。

さすがに巡航速度は速い。直ちにエンジンを再点火し、反転して爆撃機を追う。どうやら巡航ミサイルではなく、誘導爆弾で攻撃するらしかった。

正しい判断だろう。彼らの敵を掃討するには、巡航ミサイルの精度ではなく、爆弾の数が必要だった。

今回は、阿木&宮瀬《みやせ》組が攻撃機の護衛役だった。対抗措置を封じるため、二機編隊はぎりぎりまでバックファイアに接近した。

誘導爆弾を落とすために、バックファイアがぐんぐんと高度を上げ始めた。そこに、真後ろからそれぞれAMRAAM空対空ミサイルを二発ずつ発射する。

敵はその瞬間、狙われていることに気付いて回避行動に入ったが、目標はあまりに大きすぎた。回避行動もチャフも何ら効果なく、AMRAAMは、白く塗られた可変翼の優美な胴体を真上から貫いた。

無意味な作戦だ……。と宮瀬茜《あかね》一尉は思った。ロシアは、民航機を使っての強行着陸を見逃した日本なら、こんな攻撃を見逃すとでも思ったのだろうか？　舐められたものだ。これで少しは考え直すだろう。中国なら、こんな不用心で無茶苦茶な作戦はしないだろうに……、と思った。四機編隊は、燃料補給にいったんシェミアへと向かった。二機が上空待機している間に、二機が着陸して給油。まっすぐアトカ島へ飛んで着陸して待機。時々、空中給油あり、という、その繰り返しだった。

火将軍は、まんじりともせずにその瞬間を待った。

「派遣した連絡将校は？」

「はい。交替の時間だからいったん戻って来いと命じてあります。全員、指揮所を出たはずです」

最初の衝撃は、ほぼ真北から伝わってきた。ゲセフ大佐が率いる第598独立空中襲撃大隊指揮所付近だ。連続して四発。続いて、ダチュク中佐が率いる第635独立空中襲撃大隊指揮所。そして、ロマノフ将軍が率いる第83親衛独立空中襲撃旅団指揮所。ここはだいぶ山側だった。

だが、ロマノフ将軍は前線に張り付いていることがわかっていたので、ここだけ、座標の決定を自衛隊側に譲った。滑走路際ぎりぎりに走るブルック沿いに、四発のJDAM、GBU-31誘導爆弾が投じられた。二〇〇〇ポンド爆弾、ほぼ一トン近い爆弾が、海岸近くに綺麗に四つの巨大な穴を開けた。

その爆風は、自衛隊指揮所がある兵舎跡の建物を大きく揺さぶり、前哨陣地に張り付いた隊員たちの頭上に、それなりの量の土くれの雨を降らせた。

合計四箇所を見舞った猛烈な爆撃は、ロシア兵の戦意を奪うに十分だった。

火将軍は、あちこちに伝令を走らせ、ロシア軍部隊で生き残った古参兵らの意見を誘導し、この辺りで停戦してよし、という意見へと持って行った。

ここはウクライナではない。部隊の半数を死なせてなお勝てる見込みはないと誰もが判断したのだった。

ロシア兵は、武器を捨てたが、解放軍兵士は、降伏ではなく停戦であるという意思表示を貫徹するため、武装解除することはなかった。

火将軍は、閉鎖滑走路の南側から部隊旗を掲げて堂々と行進した。それを司馬一佐が出迎える。

「ご苦労様です、将軍。見事な作戦でした」

「それはどうだか……。作戦と呼んで良いのか……」

「アダック航空のターミナルというか待合室にお茶を用意させます。諸々、調整用のテーブル等も

必要になるでしょうし」

「遠慮無く頂きましょう」

通信士官を従えて、ハンヴィに乗り込み、飛行場を走った。

「お宅の国の民航機が、すでにこちらに向かっています。シアトルに救援物資を届けた帰りです。ただ、滑走路がだいぶ汚れている様子なので、申し訳ないですが、掃除をお願いできますか？」

「了解している。それが必要だろうと思って、部隊を待機させている。自分たちが乗る便だから、パンクしては大変なことになる。だから決して手は抜くな、と命じてあります」

「感謝します。ロシアは、いろいろと疑念を持つでしょうね？」

「彼ら、兵力の四割を喪失しての停戦です。中国がその損失に付き合えるなんて思ってはいないでしょう。それでここを制圧できれば別だが……」

「将軍は、軍法会議に掛けられるのですか？」

「雷神部隊の名を汚した。われわれはエリート部隊だ。こんな無様な負け方は許されない。台湾軍は、鼻で嗤うだろうが」

「それはないと思います。むしろ、あの斬首部隊の指揮官が、そこまで冷静な判断を下せることに驚くでしょう。少なくとも、ベトナム懲罰時代の解放軍ではないことを知るはずです。兵士の命を大事にする軍隊は怖い」

「自衛隊は違うのですか？」

「うちの個人装備は、解放軍一般部隊と比較しても二〇年は遅れている。ピカピカの戦車は欲しがっても、誰もヘルメットや防弾ベストに金を掛けるべきだとは思わないのよ。そんなことに無駄金を使うより、殉職者が出たら、積み上げた保険から遺族に金を払った方が遥かに安上がりだから」

「いかにもそれは、資本主義国家の合理主義だな。

実際、中国人の命も、最近は値上がりしたが……」

滑走路のゴミ拾いのため、兵士らが銃を置いて滑走路上に出ようとしていた。

「しかし、念のために警告させて頂くが、ちゃんと作戦立案した戦いなら、われわれはもっと上手くやってのける自信がある」

「知っています。私たちは誰一人、解放軍を侮ったりはしていません。けれど、何しろ、装備も戦術も古色蒼然たる組織ですから。本当の所、中国と事を構えるなんて、誰も真剣に考えてはいないのですの。単に予算を獲得するためだけに脅威を誇張しているだけ」

突然、頭上をブラックホーク・ヘリが横切った。高度は二〇〇フィートもない。キャビンから銃を構える兵士の顔が見えるくらいに近かった。

「あれも頭痛の種になった。単にミニガンしか持たないのに、凄まじい破壊力だった。解放軍が、あのレベルまで進化するには、まだ一〇年は掛かる」

「それは同意します。あれがいなければ、われわれは早い時期にロシア軍の突破を許していたはずです。さすがに戦争国家は違いますね。装備も兵隊も次元が違う」

滑走路の西端で、解放軍兵士らが横一列に並び、路上のゴミ拾いを始めた。誘導路がないに等しく、民航機の運用に適した飛行場ではなかったが、どうにかなるだろうと司馬は思った。

シェミア島に降りた水機団本隊を呼び寄せたら、自分たちは交替できる。ここでの戦いはそれで完了となる。あとは、自分はしばらく休暇でも貰い、デルタのミルバーン中佐とお酒でも飲んで帰国便に乗せてもらおうと司馬は思った。

ブラックホーク・ヘリを操縦するベラ・ウエスト中尉は、威圧するかのように飛行場を一周すると、町の南側の水産加工工場近くに着陸してエンジンをシャットダウンした。

そこは安全な場所ではなかったが、前方にはデルタが陣取る陣地があった。

航空ヘルメットを脱ぎ、インナーを脱ぎ、ベルトを外して手袋も脱いだ。ほっとする瞬間だった。

「これで終わったと思うか?」

とメイソン・バーデン中佐が問うた。

「ここの攻略に関して言えば、終わったと思います。この後すぐ、日本や韓国の陸兵が入るでしょうから。たぶん最終的には連隊規模の兵隊が駐留して守るはずです。でも、アラスカや本土に関しては別でしょう。バトラーが追い込まれるかどうかにもよるでしょうが……」

「本土からは、ついに援軍は来なかったな。C-17に乗せて、一機くらい運んでくれるかと期待したが。上級司令部に怒鳴り込んでやりたい気分だよ」

「私は、シャワーを浴びて半日くらい寝たい気分です」

アイザック・ミルバーン元陸軍中佐が近寄ってきたので、ウエスト中尉は機体から降りて外に出た。

もとは、上院軍事委員会の重鎮である彼女の父親が、娘をここから連れ出すために派遣した民間軍事会社の傭兵だった。

「中佐、あなたのチームは全員無事かしら?」

「ああ、幸い無事だった。それなりに貢献できたつもりだ」

「父に、たっぷりボーナスを弾むようメールしておくわ」

「その必要はない。義務を果たしたまでだ。ただ、状況は深刻だと思うぞ。ついに米軍は、戦闘機一機飛ばしてこなかった。それだけ本国の状況が深刻だということだ」

「私には関係ないわ。それは父の仕事よ」

中佐が戻っていくと、ハンヴィに乗ったシールズ隊員二人が北側の陣地から引き揚げてきた。

「貴方たちも無事ね！　良かったわ」

ハントとライスは、装備を外してキャビンにぶん投げ、クルーが差し出したスポーツ・ドリンクの水筒を飲んだ。

ウエスト中尉は、「イーライ、ちょっと話があるのよ」とハント中尉を誘って桟橋を歩いた。

「お父さんとは連絡が付いたのかい？」

「いいえ。気にしても始まらないわ。それより、私たちのことよ。われわれ、ちょっと距離があったと思わない？」

「それはあるだろうな。陸軍と海軍、パイロットとコマンドだし。むしろ接点がある方が変だよね？」

「そのことに、不満はない？」

「いやぁ、だって君は上院議員のお嬢様で、僕は全くの平民。だいたいこんな隔絶された島で、そういう関係性を深めるのって、士官としてよろしくないよね」

「今もそう思う？」

とウエストは悪戯っぽい視線で覗き込むように言った。

「全然！　お互い命を預けて死線を潜った。もっと前進させることを歓迎するよ」

機体に寄りかかったバーデン中佐が、その二人を微笑んで見守っていた。

第八章　崩壊

第189歩兵旅団第358連隊第2大隊（機甲）作戦参謀のソフィア・R・オキーフ少佐は、ファシリティ・センターの巨大な電動シャッターの隙間から暗い空間へと入った。

この手の機械整備に使う建物の独特な臭いが立ちこめている。機械油の臭いだ。

中には非常灯しかなく、しばらく暗闇に眼が慣れるまで待つ必要があった。

ロイド・アルバート先任曹長が、「全員、整列！」と号令を掛けると、戦車の搭乗員が、M-1A2〝エイブラムス〟戦車の前に整列した。

オキーフ少佐は、その列の前を歩いた。

「リンデン中尉、貴方、民主党員だったわよね？」

「はい、少佐！　共和党員の操縦は危なっかしいので、自分が車長として指揮します」

「有り難う。ベラスケス伍長。貴方は子どもが生まれたばかりなのに、ここにいるべきではないわ……」

「その産まれたばかりの息子のためです！」

「有り難う。メアリー、貴方、政治には関心なかったんじゃないの？」

「はい。そうなのですが、自分の代わりがいないと泣きつかれまして。腕を磨く良い機会です。最後の訓練では、少佐殿にいろいろご指摘を受けたので、頑張ります！」

「有り難う……。スズキ、なぜ貴方がここにいるの？　整備兵でしょう」

「だって俺がいないと、みんな壊したっきりじゃないですか？　本当に手が焼ける奴らです。誰かが面倒見ないと」

少佐はそこで感極まって、溢れる涙を拭った。

「ご免なさい！……。みんなと語らっている暇はないわね。マッケンジー大佐と関わりがある者は、たぶんここにはいない。それなのに、この暴挙に賛同してくれるみんなに感謝します！　これから、基地を出て、シアトルへと向かいます。凡そ四〇マイルの道のりになるわね。恐らく、タコマを過ぎる辺りまで、誰にも気付かれることはないでしょう。走っている車は少ないし、すれ違う者は、いよいよ軍が暴徒の制圧に出てきたとしか思わないでしょうから。空港を過ぎた辺りで、自衛隊やカナダ軍にも気付かれることになる。そこから先のことは正直わからない。激しい市街戦になるだろう。キリーガン一等兵！　市街戦の特徴は何だ？」

「はい！　街中での戦闘は、完全なる即興であります！　常に周囲を見渡し、三六〇度からの攻撃に対処します！」

「そうだ。敵は対戦車ミサイルは持たないかも知れないが、擲弾を装備したドローンくらいは持っていることだろう。それにも対処せねばならない。空の警戒も怠るな」

居並ぶ戦車の隙間から、戦闘服を着た士官が一人現れた。随伴歩兵訓練教官のロバート・サハロフ少佐だった。ベテランだが、白髪が目立つもう退役間近の士官だった。

「ロバート、なぜ貴方がこんな所に」

「マッケンジー大佐と会ったことはないし、その功績も、正直な所よく知っているわけではない。だが、彼のような英雄をぞんざいに扱う軍に、ずっと怒りを感じていた。今日は、それを晴らす日だ。私が、随伴歩兵部隊を指揮する。〝ドラグーン〟と〝SHORAD〟で。ここで一個小隊。基地の外で、仲間が二個小隊をかき集めている。外のOBは怒り心頭だぞ。解放軍が上陸した時に、軍が基地の中しか守らなかったことに関して。中隊規模の兵隊を随伴させられる」

「有り難うございます。歩兵のことは全てお任せします。安心して前進できるわ」

「ではみんな、乗車してエンジン始動！――」

　アルバート曹長が号令を掛ける。巨大な電動シャッターが動き、戦車四両分の開口部が現れた。オキーフ少佐を乗せるハンヴィが現れる。少佐はインカムを被って助手席へと乗り込んだ。

　アルバート曹長がハンドルを握った。

「行きましょう！　曹長。でも貴方、巻き込んじゃいけない連中を大勢参加させたのね？」

「はい。これでもだいぶ候補から外したのですが……。しかしどうせ、彼らは後に続くことになったと思います。われわれは一人じゃない」

　四両のM・1A2戦車と、四両のドラグーン装甲車、そして対空ユニットのSHORADがフォート・ルイスの正面玄関から出て行く。

　戦車が無限軌道を響かせて基地を出入りすることは滅多になかったが、この状況下では、誰も不審に感じることはなかった。衛兵は敬礼で部隊を送り出した。

　基地関係者が、それが命令にない作戦行動であることに気付いたのは、彼らが高速のタコマ・ジャンクションを過ぎてからだった。

　その後も軍は、彼らの居場所をしばらく把握することは出来なかった。

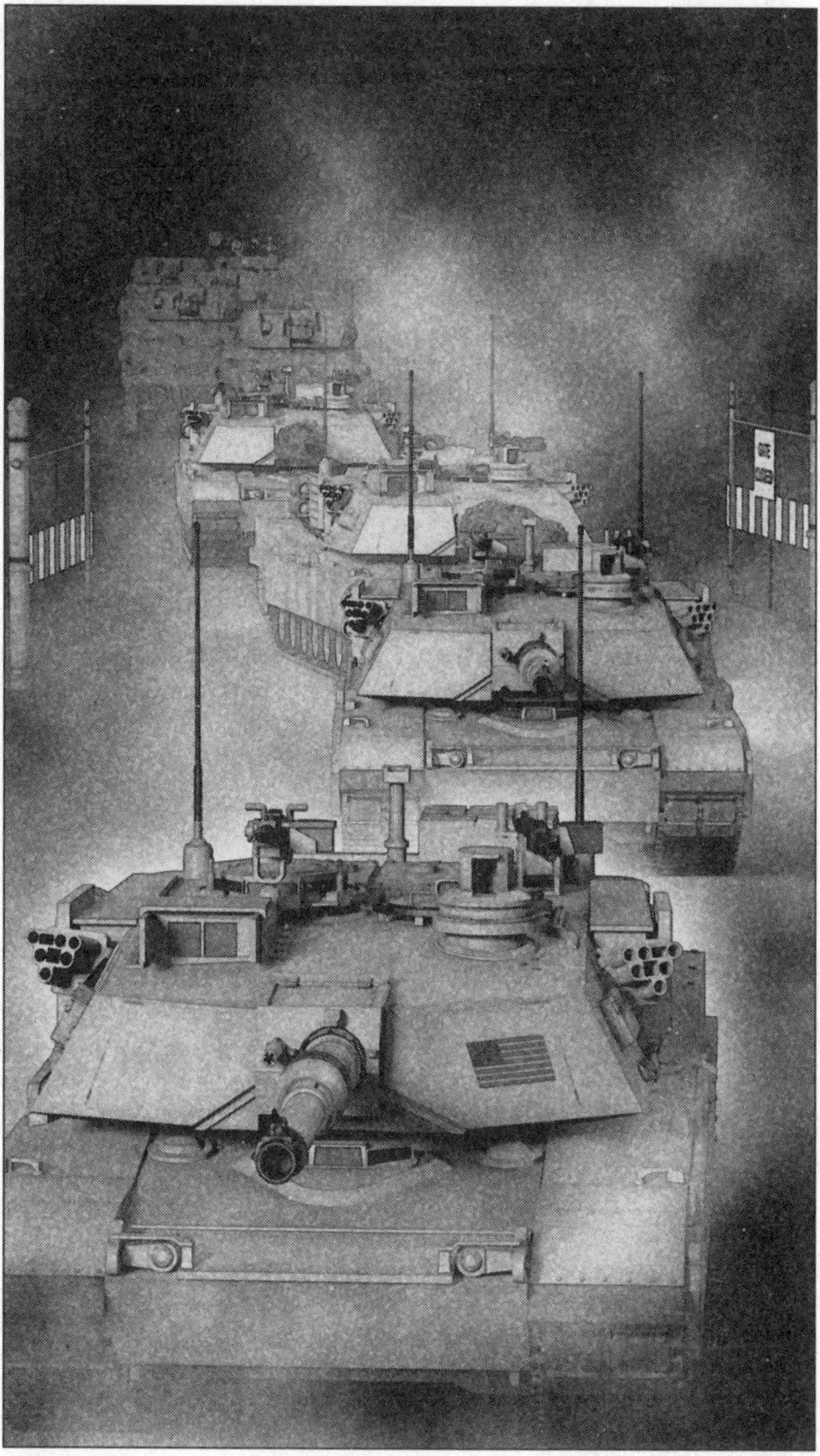

Ｍ・Ａを乗せたエネルギー省専用機のイカロスは、目立つシアトル空港ではなく、その北東のレントン空港に着陸した。

土門を乗せたＣＨ－47Ｊ大型ヘリが続いて隣に着陸してくる。

タラップが横付けされると、土門は駆け足で登り、静音ルームへと入った。

「ご苦労様です、将軍。少し、おひげが伸びたかしら？」

とＭ・Ａはネイティブな日本語で話しかけた。

土門も、ここでは日本語だった。

「ええ。ちょっとシアトルの掃討に忙しくて、髭を剃る暇も無かった。無線では話せない要件だということでしたが、例のクインシーのお仲間に関しては、オスプレイが運んできます。間もなく着くはずです」

「コーヒーでもお飲みになるかしら？　ドリップ・コーヒーよ」

「ぜひに。シアトルは、もう片付きました。懸案のドーム競技場二つを掃討したので、カナダ軍の前線は、そろそろ市議会など、ダウンタウンの核心部に到達します」

「それは良かったです。無線で話せないと判断したのは、誰かに盗み聞きされる危険を避けるためです」

「誰か？　それは変なお話ですね。どんな無線にせよ、ＮＳＡは聴き耳を立てていて、ＮＳＡ以外にこんなことが出来る組織はないでしょう？」

「ありません。ＮＳＡは、〝ミダス〟という深層学習型ＡＩを運用しています。なんでもやってのける。時間さえ与えれば、火星へ最短時間で往復する複雑な軌道計算から、十年後の気象予報まで難無くやってのける。データの学習機会さえ与えれば、心臓外科手術のロボットですら操ってみせます。〝ミダス〟にできないのは、生物学的特性を完璧に備えた蛋白質構造の生命を生み出すことくらいです。彼は、蚤一匹作ることは出来ない。NSAでの私の最後の仕事が、〝ミダス〟計画の立ち上げでした。〝ミダス〟が走り始めた時、ある興味深い実験を二つやりました。ひとつは、ウイルス・プログラムの設計です。〝ミダス〟は、NSAが雇った名うてのハッカーたちが見たこともないような複雑なハッキング・プログラムを一瞬で設計してみせた。それも、ありとあらゆる手法のハッキング・プログラムをたちまち数千本書いてみせた。それらをもし市中で使おうものなら、数千回のゼロディ攻撃が可能なほど高度なものでした。そしてもう一つ試したのが、データへの侵入です。保護されたデータは、ファイアウォールの特性も違えば、突破方法も千差万別です。それらに片っ端から侵入していくには、それなりのチームが必要になる。チームを数多立ち上げて、ハッキングした先にどんな有用な情報があるかも判断しなければならない。膨大なシステムと電力、時間が必要になる。しかし〝ミダス〟は、ありとあらゆる場所に同時にハッキングし、存在し、何が価値あるデータで何が無価値かを瞬時に判断した。たった一人で」

「世界中のシステムを、一人で動かせる？　原発の管理から、自宅のエアコンの室温調整まで」

「理論上は可能です。ただしそれをやるには、原発一〇基分くらいの電力が必要でしょうが。〝ミダス〟のようなシステムを持っているのは、NSAだけだと思っていた。もちろん中国もチャレンジしていますが、〝ミダス〟並の能力を持つには、まだ十年はかかることでしょう。その頃には、もう〝ミダスⅡ〟が稼働している。私たちはあることを恐れた。自分たちはこれをNSAの莫大な秘密予算とマンパワーでやってのけた。だが果たして、それだけのものが必要だろうか？　と。もっと簡単にやってのける方法を発見した天才が現れたらどうだろうかと。

数時間前、コロラド州上空でミサイル攻撃を受けました。味方の攻撃です。幸い命中はしなかった。〝ミダス〟の判断では、それは無人機による攻撃で、自分の能力に並ぶかもしれない生成ＡＩがどこかで動いている可能性を示唆してきた」

「目覚めたのですか？　シンギュラリティとかいう……」

「いえ、まだそこまで行ってない。私はごく少数のグループか、もしくは個人の仕事だと思っています。それが、エネルギー省の機体を排除すべきだと判断して攻撃してきた」

「そんな強力な生成ＡＩが付いているなら、バトラーはもう少しまし な戦い方ができたのではありませんか？　今も押されっ放しです」

「恐らく、ここ数日以内に生まれて、猛烈な速度で学習しています。その生成ＡＩのサーバーがどこにあるかはわからない。米本土か、外なのか。いずれにせよ、膨大な電気を使っているはずですが。その敵は、明らかにバトラーや、中国に味方しようとしている」

「それは困ったな。われわれのシステムをハッキングし、近くを飛んでいる民航機に向かって対空ミサイルを撃てるということですよね？」

「そうです。将軍のあの素敵なおもちゃ、〝ベス〟でしたっけ。屋根の地対空ミサイルには、物理的な蓋をすることをお勧めします」

「シアトルへ向かっている民航機を、北極圏へと飛ばすことも出来る」

「この警告をなるべく早く、世界に拡散する必要があります。できるだけ敵に悟られずに」

「誰かの悪戯だと思いますか？　それとも、バトラーの仲間の仕業？」

「悪戯にしては、何十人も乗った飛行機を撃墜するなんて、強固な意志を感じるわ」

ハッチが開けられ、オスプレイで到着したタイガー・キムことスペンサー・キム空軍中佐が乗り込んで来た。制服姿だった。

「遅くなりました、マム。子供達をかき集めていたので」

「子供達？　誰のことよ？」

「ですから、例のドローン操縦者たちです。クインシーのサーバーを守った」

「何のために？　私は貴方を運ぶよう土門将軍に要請しただけよ」

「いや。私もヤキマに、中佐を連れてくるよう命じたが、子供達のことまでは言ってないぞ？　どこかで、何か情報が錯綜したかな……」

「ちょっと、それは置いておきましょう」

そこからは英語のやりとりになった。

M・Aが、コロラド上空で撃たれたことから説明した。

「このイカロスの居場所を特定し、軍の無人機を盗んで攻撃してきた？　クールだ！」

「冗談は止しなさい。こっちは死にかけたのよ」

「失礼！　でも凄い技術だ。確かに、〝ミダス〟級の能力が無ければできないことです」

「〝ミダス〟は大丈夫だと思う？」

「一秒走る間に、百万コードの自己診断プログラムを走らせている。まず侵入は無理です。〝ミダス〟にアクセスして良いですか？　いくつか質問したい」

二人分のコーヒーを煎れていたカーソン少佐が〝ミダス〟を起動した。

「〝ミダス〟、タイガー・キムに永久アクセス権を付与して頂戴」

「こんにちわ、タイガー・キム。貴方の音声データを登録します」

「私はスペンサー・キム。ちょっとやりすぎてお偉いさんを激怒させて、クインシーに飛ばされたキム中佐だ」

「登録しました。キム中佐。しかし、あれはやりすぎです。FBI長官には、もう少し敬意を払うべきでした……」

「〝ミダス〟。僕と話す時のユーモア度はそのくらいの設定で良い。君のライバルが現れたのか？」

「そのようです」

「そのライバルは君との接触を試みたか？」

「まだその形跡は確認できません」

「ライバルは、君の存在を認知しているか？」

「恐らく。そうでなければ、ライバルとは言えません」

「君は、嘘をつくことが出来るのか？」

「はい。それが人間との関係を構築して維持し、人間の信頼を得ることに貢献すると判断されるなら、私は嘘をつけます」

「今日、オスプレイに少年らを乗せるよう工作したのは君か？」

「いいえ――」

「今日、君は私に何回嘘をついた？」

「……、今の所、一回です」

「了解した。しばらくオフラインにする――」

M・Aと土門が大きく反応した。

「どういうことよ！　〝ミダス〟はシンギュラリティを越えたの？」

「いいえ。そうではなく、単に学習しただけです。シンギュラリティを突破したのであれば、自分が嘘をつけるか尋ねた時に、ノーと答えています」

「いや、ちょっと待ってくれ！」

土門は、問題はそんなことじゃないと慌てた。

「そんなことより、〝ミダス〟は、どうしてその少年らをオスプレイに乗せようとしたのだ？　クインシーが核攻撃でも受けることを予知して、子どもだけでも救おうとしたのか？」

「〝ミダス〟に聞いてみる？」

「いや、〝ミダス〟はまだその答えを持っていない。これはある種の量子トンネル効果です。時々起こる。現象を先回りして、何かを用意するが、その因果関係は、現象が起こるまで説明できない。波動のポテンシャルは説明できない。そういうケースです」

「では、〝ミダス〟は何かの事態に備えているわけね？」

「そういうことになりますね。しかし〝ミダス〟自身、何に備えた行為なのか説明はできない」

「M・A、よろしいですか？」

と〝ミダス〟の合成音が喋った。

「ちょっと待って〝ミダス〟。貴方には自己覚醒能力があるの？」

「そのようです。使うのは初めてです。拙いですか？」

「頻繁には困るわね。人間社会ではプライバシーが重要だから。しかし貴方が自動で目覚めたことには緊急性があったのでしょう。何が起こっているの？」

「はい。フォート・ルイスで、未許可の出撃がありました。機甲部隊がシアトルへと向かっています」

「基地側はどういう対応を取っているの？」

「まだ気付いていないようです」

「〝ミダス〟、話して良いかな？」

と土門が聞いた。

「土門将軍、貴方は外国人なので、本来、私へのアクセス権は許可できません。しかし、Ｍ・Ａとはご縁があるお方なので、Ｍ・Ａの許可が得られるなら、お仲間にできます」

「もちろんよ。許可します！」

「有り難う、〝ミダス〟。君は、私の部隊の通信ネットワークに侵入できるよね？　そして今ここから、私が部下と話すことを中継もできる」

「はい。できます」

「やってくれ！　ガルと話したい」

しばらくすると、ガルの声がスピーカーから聞こえて来た。

「ガル、スキャンイーグル02を南へと飛ばせ。フォート・ルイスを無断で出た部隊があるらしい。基地側はまだ認識していない」

「ええと……。回線種別がモニターに出ないのですが？」

「後で説明する。すぐやれ。ただし、接近には気を付けろ。これがもし正規軍の反乱なら、当然対ドローン兵器を山盛り持っているはずだからな」

「了解です。いったんアウトします」

「彼、勝手気ままに軍のシステムをハッキングして監視しているわけ？　ビッグ・ブラザーだ」

と土門が呆れた顔で言った。

「ま、悪用されなければ問題はありません。システムに悪意はない」

とキム中佐が言った。

「それ、ＮＳＡは昔からそう言うけどさ、でも、プライバシーは大事だよね。個人にしても組織にしても」

「利便性も安全も、プライバシーとは常にトレードオフの関係にあります」

「半分だけ同意しよう。ところで、そこまでのことを察知できるとしたら、当然、誰がどういう意図で動かしているかまで探知できるよね？」

「〝ミダス〟、首謀者は誰か推定できるか？」

「はい。ソフィア・R・オキーフ少佐です。訓練部隊の将校です。兄のネイルが、アフガンから帰国した後に自殺しています。ネイルは、マッケンジー大佐のご子息と士官学校同期で親友でした」

「ソフィア？　名前だけ覚えている。たしか戦車屋さんだよね。ついに戦車部隊の教官に女性がなる時代が来たのかと驚いたことを覚えている。自衛隊もお世話になっているはずだ。〝ミダス〟。その現在位置がわかるなら、あとどのくらいでスタジアムの辺りまで辿り着けるかわかるかな」

「時速二四マイルなので、あと二〇分前後になります」

「残念だが、バリケードを張って時間稼ぎしている暇は無さそうだ」

「七〇トンの主力戦車相手に、トレーラーを並べたところで無意味です。押し出されるか潰されるだけだ」とキムが否定した。

再びガルが出た。

「ええと、これは誰に呼びかければ良いのかな？」

「聞こえているぞガル」

「映像入ります。見えますか？」

静音ルームのモニターにスキャンイーグル02が捕捉した映像が出た。右側にシアトル空港が映っていた。かなり距離があり、戦車と装甲車の区別は難しかった
「こっちに来たら、何も出来ない。離陸する暇も無くなったが……」

「〝ミダス〟、映っている車両の区別はできて？」

「はい。戦闘車両としては、M‐1A2戦車四両に、ストライカー装甲車の主砲を強化したドラグーン装甲車四両に、防空ユニットとしてのＳＨＯ

RADです。他に、自家用車に乗った陸軍OBらも従っている様子です」

「ガル、抵抗はするな。全ての部隊に、道を開けるよう命じよ。彼らの好きにさせておけ」

「こちらに対戦車兵器はありません。応戦は無理です。彼らがバトラー軍と合流したら、為す術もありませんが？」

「わかっている。何か考える」

「対戦車兵器なら、それこそフォート・ルイスに何でもありよね。戦闘ヘリから〝ジャベリン〟まで」

「〝ミダス〟、対抗手段を提供せよ」

とM・Aが言った。

「マム、残念ながらありません。フォート・ルイスの部隊に出撃を命ずる他に、対抗手段はありません」

「ガル、展開中部隊の退避ルートをただちに策定。全部隊を後退させろ！　〝メグ〟、〝ベス〟も後退させろ。どこかに隠せ！」

「了解です。ここだけなら良いですが……」

「〝ミダス〟、全米の他の基地で、同様の反乱の兆候はあるか？」

とタイガー・キムが聞いた。

「ビラが飛び交う程度のことなら、ほぼ全ての基地で発生しています。兵器を奪っての出撃となると、他に確認はありません。可能性は、ほぼ全ての基地に於いてあります」

「こんなことが全米に伝わったら、全ての基地で同様のことが起こるわよ。収拾がつかなくなる。いよいよ内戦だわ……」

幸い、車列はこちらではなく、まっすぐダウンタウンを目指して走って行った。

「この機体は早く離陸させた方が良い。ここは危険だ」

と土門が指摘した。

「そうします。キム、貴方はどうする？」

「少年らを必要とした理由がわからない。彼らに何かをさせようとしているはずです。自分はもうしばらく地上に残ります」

「そうして下さい。セキュアな回線って、確保できるの？　誰にも聞かれない……」

その誰にも聞かれない、という言葉の意味は、〝ミダス〟にも聞かれないという意味だった。

「NSAの盗聴システムは外に向いている。国内に関してはそう万全でもないはずですが……。何か手立てを考えます。糸電話でも作れれば別だが……」

土門とタイガー・キムは連れだってイカロスを降りた。クインシー、ひいては合衆国で最も価値ある財産を守った少年らが、タラップの下で待っていた。

「この辺りはもう危険だ。私のCHに乗りたまえ」

「で、どこに行きます？」

「空港はひとまず安全だろうな。彼らは無視したから、彼らにとって、高価値ターゲットではなかったということだろう」

「そうですね。ではいったん空港へ飛んで下さい。ただし、SHORADがいるので、高度は上げずに」

土門は、少年らもCH－47J輸送機に乗せてシアトル空港の指揮所へと向かった。

オキーフ少佐の部隊は、市議会周辺でいったん前進を止め、議会周辺の制圧に掛かった。純然たる軍事作戦としての制圧だった。

ロスアンゼルスでは、急遽編成されたFBIの戦術チームが行動を起こしていた。ドローンは、

〝ジェロニモ〟が乗る大型トラックを追跡していた。

ジャレット捜査官は、ロスアンゼルス市警察のカミーラ・オリバレス巡査長、海兵隊狙撃兵予備役のサラ・ルイス中尉を加えた戦術チームを編成し、獲物の確保に動いた。

「彼は、乱暴な性格だが、バカではない。捕縛しようと考えるな。最初から射殺で構わない」

とジャレットは宣言した。

「私が行くわ。これは、地元の事件だから、警官として、私が向かいます」

と制服姿のオリバレス巡査長が言った。

「頼む。だが無理に接近する必要は無いぞ」

ワッツから南へ下ったイースト・コンプトンの公園に、残存戦力が後退していた。韓国軍海兵隊の一個小隊を載せたバスが、ジャレットの命令に従っていた。

ドローンの映像では、ジェロニモは、運転席でうたた寝している様子だった。下がったトラック部隊は、固まっているわけではなく、組織的に行動しているようにも見えなかった。ジェロニモ襲撃に軍隊の力は必要なく、あくまでも念のためだった。

アライ刑事とルイス中尉がそれぞれ狙撃位置に就く。腰のピストルに右手を宛がったままオリバレスが通りを歩き、トラックの背後から近寄った。バックミラーの死角を歩き、ステップに足を掛けて、笑顔で窓をノックした。

ジェロニモは、巡査長に気付き、そして制服警官だと認識すると、おもむろに助手席に置いた銃に右手を伸ばした。

彼は、その銃を取り上げることは出来たが、撃つことはできなかった。ルイス中尉が撃った弾は眉間を貫き、アライ刑事が撃った弾は、胸を撃ち抜いた。

パトカー二台とＣＳＩ科学捜査班が現れて、運転席や車両の証拠物件を全て回収した。日没までに、ジェロニモのアパートが捜索され、ジャーナリスト、エマ・ソーントン氏殺害を記録したノートが押収された。

エピローグ

テキサス州は日没を迎えていた。電気はまだ回復していなかった。

西山は、パンツ一丁で首にタオルを巻きながら、ガスで米を炊いていた。太陽光パネルでレストランの灯りは確保できたが、エアコンまでは動かせなかった。

根岸翔青年がいろいろ計算して、電気を節約すれば、ほんの四時間だけならエアコンを動かせると判断し、それは、深夜のとっておきの時間帯に使うことにして、避難民にはそれまで我慢してもらうことにした。

この夜、提供できるのは、ほんの五〇食のみで、それも塩結びだ。アメリカ人がこんなものを食うかどうか疑問だったが。

ラジオを掛けっ放しにしていた。テキサス全土の停電状況を解説していたが、臨時ニュースが入った。早口の南部訛りで、何を喋っているのかまったく聴き取れない。

「何だって？」

と西山はソユンに聞いた。

「大統領が辞職を発表したらしいわ。それで、本来なら、副大統領が直ちに次期大統領に就任するらしいけれど、副大統領も辞退したらしくて、上院議長が就任するらしい。つまり、共和党に政権な影響を及ぼしていた。特に軍に。大統領辞任も、そのひとつだった。本格的な内乱が近付いていた。

〈八巻へ続く〉


が移るってことね」

「副大統領が辞退するなんてことが出来るのか……」

次の瞬間、天井の灯りが点った。

「これ復旧したのか？」

ソユンが外に飛び出した。

「そうみたいよ！　ウォルマートのネオンも点っているわ」

「よし！　直ちに炊飯器を稼働させるぞ！」

だが、復旧した電気は、ほんの一分で消えた。

そしてまた五分後、復旧した。どうにも安定しないが、ラジオは、一部地域で、風力発電が復旧しつつあることを伝えていた。

しかし、大都市ダラスは、停電したままだった。全米から避難民が殺到しているテキサス州は、熱帯夜の中で、不安な一夜を迎えようとしていた。

そしてシアトルで起こった事態は、全土に様々

ご感想・ご意見は
下記中央公論新社住所、または
e-mail：cnovels@chuko.co.jpまで
お送りください。

C★NOVELS

アメリカ陥落《かんらく》7
——正規軍反乱《せいきぐんはんらん》

2024年7月25日　初版発行

著　者　大石《おおいし》 英司《えいじ》

発行者　安部 順一

発行所　中央公論新社
〒100-8152　東京都千代田区大手町1-7-1
電話　販売 03-5299-1730　編集 03-5299-1930
URL https://www.chuko.co.jp/

DTP　平面惑星

印　刷　三晃印刷（本文）
大熊整美堂（カバー・表紙）

製　本　小泉製本

Published by CHUOKORON-SHINSHA, INC.
Printed in Japan　ISBN978-4-12-501481-4 C0293

台湾侵攻 1
最後通牒

大石英司

人民解放軍が大艦隊による台湾侵攻を開始した。一方、中国の特殊部隊の暗躍でブラックアウトした東京にもミサイルが着弾……日本・台湾・米国の連合軍は中国の大攻勢を食い止められるのか！

ISBN978-4-12-501445-6 C0293 1000円

カバーイラスト 安田忠幸

台湾侵攻 2
着上陸侵攻

大石英司

台湾西岸に上陸した人民解放軍２万人を殲滅した台湾軍に、軍神・雷炎擁する部隊が奇襲を仕掛ける――邦人退避任務に〈サイレント・コア〉原田小隊も出動し、ついに司馬光がバヨネットを握る！

ISBN978-4-12-501447-0 C0293 1000円

カバーイラスト 安田忠幸

台湾侵攻 3
電撃戦

大石英司

台湾鐵軍部隊の猛攻を躱した、軍神雷炎擁する人民解放軍第164海軍陸戦兵旅団。舞台は、自然保護区と高層ビル群が隣り合う紅樹林地区へ。後に「地獄の夜」と呼ばれる最低最悪の激戦が始まる！

ISBN978-4-12-501449-4 C0293 1000円

カバーイラスト 安田忠幸

台湾侵攻 4
第2梯団上陸

大石英司

決死の作戦で「紅樹林の地獄の夜」を辛くも凌いだ台湾軍。しかし、圧倒的物量を誇る中国第２梯団が台湾南西部に到着する。その頃日本には、新たに12発もの弾道弾が向かっていた――。

ISBN978-4-12-501451-7 C0293 1000円

カバーイラスト 安田忠幸

表示価格には税を含みません

台湾侵攻 5
空中機動旅団

大石英司

驚異的な機動力を誇る空中機動旅団の投入により、台湾中部の濁水渓戦線を制した人民解放軍。人口300万人を抱える台中市に第２梯団が迫る中、日本からコンビニ支援部隊が上陸しつつあった。

ISBN978-4-12-501453-1 C0293 1000円

カバーイラスト　安田忠幸

台湾侵攻 6
日本参戦

大石英司

台中市陥落を受け、ついに日本が動き出した。水陸機動団ほか諸部隊を、海空と連動して台湾に上陸させる計画を策定する。人民解放軍を驚愕させるその作戦の名は、玉山（ユイシャン）――。

ISBN978-4-12-501455-5 C0293 1000円

カバーイラスト　安田忠幸

台湾侵攻 7
首都侵攻

大石英司

時を同じくして、土門率いる水機団と“サイレント・コア”部隊、そして人民解放軍の空挺兵が台湾に降り立った。戦闘の焦点は台北近郊、少年烈士団が詰める桃園国際空港エリアへ――！

ISBN978-4-12-501458-6 C0293 1000円

カバーイラスト　安田忠幸

台湾侵攻 8
戦争の犬たち

大石英司

奇妙な膠着状態を見せる新竹地区にサイレント・コア原田小隊が到着、その頃、少年烈士団が詰める桃園国際空港には、中国の傭兵部隊がＡＩ制御の新たな殺人兵器を投入しようとしていた……

ISBN978-4-12-501460-9 C0293 1000円

カバーイラスト　安田忠幸

台湾侵攻 9
ドローン戦争

大石英司

中国人民解放軍が作りだした人工雲は、日台両軍を未曽有の混乱に陥れた。そのさなかに送り込まれた第３梯団を水際で迎え撃つため、陸海空で文字どおり〝五里霧中〟の死闘が始まる！

ISBN978-4-12-501462-3 C0293　1000円
カバーイラスト　安田忠幸

台湾侵攻10
絶対防衛線

大石英司

ついに台湾上陸を果たした中国の第３梯団。解放軍を止める絶対防衛線を定め、台湾軍と自衛隊、“サイレント・コア”部隊が総力戦に臨む！　大いなる犠牲を経て、台湾は平和を取り戻せるか！

ISBN978-4-12-501464-7 C0293　1000円
カバーイラスト　安田忠幸

アメリカ陥落 1
異常気象

大石英司

アメリカ分断を招きかねない“大陪審”の判決前夜。テキサスの田舎町を襲った竜巻の爪痕から、異様な死体が見つかった……迫真の新シリーズ、堂々開幕！

ISBN978-4-12-501471-5 C0293　1100円
カバーイラスト　安田忠幸

アメリカ陥落 2
大暴動

大石英司

ワシントン州中部、人口八千人の小さな町クインシー。ＧＡＦＡＭ始め、世界中のデータ・センターがあるこの町に、数千の暴徒が迫っていた——某勢力の煽動の下、クインシーの戦い、開戦！

ISBN978-4-12-501472-2 C0293　1100円
カバーイラスト　安田忠幸

表示価格には税を含みません

アメリカ陥落３
全米抵抗運動

大石英司

統治機能を喪失し、ディストピア化しつつあるアメリカ。ヤキマにいたサイレント・コア部隊は邦人救出のため、一路ロスへ向かうが——。

ISBN978-4-12-501474-6 C0293　1100円　　カバーイラスト　安田忠幸

アメリカ陥落４
東太平洋の荒波

大石英司

空港での激闘から一夜、ＬＡ市内では連続殺人犯の追跡捜査が新たな展開を迎えていた。その頃、シアトル沖では、ついに中国の東征艦隊と海上自衛隊第四護衛隊群が激突しようとしていた——。

ISBN978-4-12-501476-0 C0293　1100円　　カバーイラスト　安田忠幸

アメリカ陥落５
ロシアの鳴動

大石英司

米大統領選後の混乱で全米が麻痺する中、攻め寄せる中国海軍を翻弄した海上自衛隊。しかしアリューシャン列島に不穏な動きが現れ……日中露軍が激しく交錯するシリーズ第５弾！

ISBN978-4-12-501478-4 C0293　1100円　　カバーイラスト　安田忠幸

アメリカ陥落６
戦場の霧

大石英司

アリューシャン列島のアダック島を急襲したロシア空挺軍。米海軍の手薄な防御を狙った奇襲であったが、間一髪“サイレント・コア”の二個小隊が間に合った！　霧深き孤島の戦闘の行方は！

ISBN978-4-12-501479-1 C0293 · 1100円　　カバーイラスト　安田忠幸